원숭이와 본질

원숭이와 본질

올더스 헉슬리

유지훈 옮김

해윤

탤리스

간디가 암살당한 날인데도 갈보리[1]를 찾은 관광객들은 도시락 메뉴에 더 관심이 많았다. 하기야 암살이라면 심심치 않게 접해본 대수롭지 않은 사건인지라 그 여파에 크게 신경이 쓰이진 않았을 것이다. 천문학자가 익히 실상을 밝히긴 했지만 프톨레마이오스의 말마따나 우주의 중심은 분명 거기가 아니라 여기였다. 밥 브릭스는 간디가 세상을 떠나든 말든, 사무실 책상이나 스튜디오 주방 식탁에 앉아 본인의 사연을 늘어놓는 데 여념이 없었다.

"늘 도와주셔서 몸 둘 바를 모르겠군요." 밥은 빈말이 아니라며 최근 이력을 들려주려 했다. 왠지 즐긴다는 뉘앙스가 묻어났다.

---

1. 예수 그리스도가 십자가에 못 박힌 곳

물론 그는 말할 것도 없거니와 나도 잘 알듯이, 누구의 도움도 받고 싶어 하지 않는 것이 그의 본심이었다. 밥은 궁지에 몰리거나 푸념을 할 때 희열을 느꼈다. 일이 잘 풀리지 않는다는 사실을 입담으로 적당히 각색해주면 저도 낭만주의 시인 —자살을 택한 베도스, 간통죄를 저지른 바이런, 패니 브론을 사모하다가 세상을 떠난 키츠, 셸리를 그리워하며 타계한 해리엇— 의 대열에 합류할 수 있으리라 자부했기 때문이다. 하지만 낭만주의 시인과 처지가 같다고 본다면 자신의 비참한 현실을 재촉한 두 가지 원인을 잠시 망각해서인지도 모르겠다. 시를 쓰는 재능이 전무한 데다 그들만큼 정력이 탁월하지도 않았다는 사실 말이다.

"이 지경에까지 이를 줄이야." 밥이 재차 입을 열었다(표정이 하도 참담해서 시나리오 작가보다는 연기를 하는 편이 더 나았을 법했다). "엘레인과 저는, 그러니까…… 마틴 루터 같은 심정이랄까요."

"마틴 루터요?" 어안이 벙벙하여 물었다.

"딱히 도리가 없었으니 말입니다. 우린 아카풀코로 떠날 수밖에 없었죠. 정말 달리 방도가 없었습니다."

문득 간디가 떠올랐다. 간디는 비폭력을 고집하며 탄압에 저항하다가 투옥되었고 결국에는 저격을 당하고 말았다. 그 역시 다른 방도는 없었을 것이다.

"일이 그렇게 됐습니다." 그가 말을 이었다. "결국 우린 비행기 편으로 아카풀코에 갔죠."

"기어이 그러셨군요!"

"기어이라뇨?"

"둘이 도피할 생각을 오래 전부터 하신 건 아닌지요?"

밥은 언짢아보였다. 하지만 그가 고충을 토로했을 때 일전에 벌어진 사건은 이미 알고 있었다. 엘레인을 내연녀로 삼지 않았다면 (밥이 구사하는 케케묵은 가정법이다) 미리암에게 이혼을 재촉하지 않았다면 결과는 어떻게 달라졌을까?

사실 그는 유일한 연인이자 조강지처와 파경을 고했다고 볼 수도 있지만, 다른 시각에서 보면 엘레인도 유일한 연인인 데다(그래서 선뜻 마음을 다잡지 못했던 것이다)'그녀를 내연녀로 삼기로' 결심했다면 사랑은 더욱더 짙어졌을 것이다. 사느냐, 죽느냐라는 혼잣말로 거의 2년을 보내다시피 했지만 밥이 기분 내키는 대로 지낼 수 있었다면 넋두리는 10년도 더 했을 것이다. 밥은 지독하더라도 어지간하면 말로써 다 풀리는 골칫거리를 좋아했다. 혹시라도 성욕과 결부될라치면 자신 있게 내세울 수 없는 정력이 다시금 굴욕적인 시험대에 오를 테니 말이다. 하지만 청산유수 같은 말발과, 바로크양식을 떠올리는 옆태와 일찌감치 희끗해진 머리를 지켜보던 엘레인은 플라토닉한 치정에 진절머리가 난 탓일까, 마침내는 아카풀코로 가든지, 깨끗이 정리하든지 택일하라며 최후통첩을 선언했다.

그리하여 밥은 간통에 몸이 묶인 것도 모자라 마음까지 쏟기로 한 것이다. 이는 간디가 비폭력주의와 옥고 및 암살에 몸이 묶인 데다 그에 마음까지 바치기로 한 사건 못지않게 돌이킬 수는 없었지만, 불안감은 간디보다 더 깊었을지도 모른다. 아카풀코에서 벌어진 일을 털어놓진 않았지만 그의 말마따나 엘레인이 '수상쩍은 행동을' 하고, 몰다비아 남작(다행히 이름은 잊었다)과 몇 차례 동행해왔다는 사실은 가소롭고도 한심한 사건의 전말을 들려주는 듯했다. 한편 미리암은 이혼을 완강히 거절하며 밥의 빈자리를 틈타 목장과 차량 두 대와 아파트 네 채, 팜 스프링스의 대지 및 유가증권을 자신의 명의로 이전했다. 게다가 밥은 소득세 연체로 3만3천 달러를 당국에 지불해야 했다. 그가 프로듀서에게 주당 250달러를 추가로 청구하자 의미심장한 침묵이 흘렀다.

"어떤가, 루?"

루 루블린은 위엄이 밴 말을 음미하고는 입을 열었다.

"밥, 예수 그리스도라도 지금 이 스튜디오에서는 인상이[2] 어려울 것 같군요."

친근한 말투였지만, 루는 밥이 재촉하려들기가 무섭게 책상을 내리쳤다. 미국인이면 미국인답게 처신하라는 말도 덧붙였다. 더는 왈

---

2. 중의법으로 '부활'이 어려울 것 같다는 뜻도 있다.

가왈부하지 않았다.

밥이 재차 말을 이었다. 나는 이 명장면을 웅대한 종교화로 담아낸다면 그럴듯한 작품이 되지 않을까 생각했다. 이를테면, 그리스도가 루블린 앞에서 주당 250달러만 올려달라고 당부했다가 일언지하에 거절당하는 그림말이다. 이 작품이야말로 렘브란트가 데생과 에칭, 혹은 붓질로 십 수 번씩 표현할 만큼 선호하는 테마가 되었을지도 모르겠다. 예수는 우수에 잠긴 채 연체된 소득세의 암흑으로 빠져드는 반면, 황금빛 스포트라이트에 보석과 금속 장신구가 눈에 띄게 빛나는 루는 큼지막한 터번을 두른 채 의기양양하게 웃고 있을 것이다. 고뇌하는 그리스도에게 아주 통쾌한 짓을 저질렀으니 말이다.

또한 브뤼겔 식으로도 표현할 수 있겠다. 예컨대, 스튜디오 전체가 개괄적으로 보이고, 총 제작비 300만 달러가 투입된 뮤지컬에 기술적인 디테일이 그럴듯하게 재현되는가 하면 2~3천 명 가량 되는 등장인물의 특징도 완벽히 묘사될 것이다. 이때 하단 오른쪽 귀퉁이를 한참 따라가다 보면 마침내 루블린 같은 인물이 나타날 터인데 몸집이 베짱이만한 그는 훨씬 더 조그마한 예수를 오만하게 짓밟고 있으리라.

"내게 기발한 아이디어가 있으니 들어주게." 밥은 낙천적인 열정을 다해 말을 꺼냈다. 그마저 없었다면 자살을 택할 만큼 그는 절실했다.

"에이전트가 아주 환장을 하더라니까. 그도 5, 6만 달러는 족히 건질 수 있을 거라고 했다네."

그러고는 줄거리를 들려주기 시작했다.

그때까지도 루블린 앞에 선 그리스도를 생각하던 나는 피에로[3]가 이를 묘사했을 법한 장면을 떠올렸다. 이를테면, 명명백백 드러나는 구도와, 입체 및 공백의 균형, 색조의 조화와 대비가 연출되고 느긋한 표정을 짓는 인물들이 그려졌다. 루와 보조 피디들은 파라오의 머리쓰개(희거나 다채로운 펠트[4]를 입힌 큼지막한 역원추형)를 착용하게 될 터인데, 피에로의 세계에서는 인체의 기하·입체적 본질과 동양의 이국적인 풍모를 강조한다는 이중적인 목적이 있기 때문에 그런 것이다. 모든 의상의 주름은 비단결만치 곱지만, 반암에 새겨진 삼단논법의 필연성과 확정성이 배어있고, 전반적으로는 만물에 서린 플라톤의 하느님을, 즉 수학적인 논리에 끼워 맞춘 혼돈을 예술의 질서와 미적 감각으로 승화시킨 조물주의 임재도 주름에서 느끼게 될 것이다.

그러나 파르테논과 『티마이오스』에서 비롯된 허울 좋은 논리는

---

3. 피에로 델라 프란체스카Piero della Francesca, 이탈리아 화가(1420~1492).

4. 양털이나 그 밖의 짐승의 털에 습기·열·압력을 가하여 만든 천. 신발, 모자, 양탄자 따위를 만드는 데 쓴다.

『국가론』에서 이상적인 정부 형태로 뒷받침된 바 있는 폭정으로 이어진다. 정치 분야에서 '정리'에 해당되는 개념은 기강이 철저히 잡힌 군대요, 소네트와 그림은 독재정권의 휘하에 있는 경찰국가다. 마르크스주의자들은 자칭 과학도라 하고 파시스트는 여기에 하나를 더 추가하여 새로운 신화를 노래하는 —과학적인 시인— 시인이라 소개한다. 마르크스주의자와 파시스트가 이처럼 허세를 부리는 건 이상한 일도 아니다. 각자는 연구실과 상아탑에서 효과가 입증된 과정이자 인간적인 상황에 적용될 수 있기 때문이다. 그들은 목적을 달성하기 위해서라면 관련성이 희박한 것은 모두 단순화·추상화하거나 제거해버리고, 딱히 중요치 않다고 판단되면 뭐든 외면해버릴 뿐 아니라 새로운 스타일을 가미하는가 하면 선호하는 가설을 증명하기 위해 사실을 끼워 맞추기도 하고, 그것도 모자라 심중에 미흡하다 싶은 점은 죄다 쓰레기봉투에 담아버리는 경우도 더러 있다. 그들이 훌륭한 예술가와 건전한 사상가, 검증된 연구원 노릇을 하는 바람에 감옥에 죄수가 빼곡히 들어차고, 정치적 이단아가 노예처럼 중노동에 시달리고, 개인의 권리와 기호가 무시되고, 간디 같은 위인들이 암살당한 것이다. 한편, 수많은 교사와 방송인은 실권을 잡은 상급자가 늘 옳다는 점을 떠벌리고 있다.

밥이 말을 잇고 있었다.

"그러니 따지고 보면 영화가 예술작품이 되지 말아야 할 이유는 없다는 거죠. 망할 놈의 상업주의가…….”

그는 재능이 없는 예술가답게 의분을 터뜨리며 본인의 부족한 재능이 가져온 애석한 결과를 질책할 요량으로 애먼 희생양을 비난했다.

“간디가 예술에 관심이 있었을까요?” 내가 물었다.

“간디요? 물론 아니죠.”

“저도 아니라고 생각합니다.” 내가 맞장구를 쳤다. “예술이든, 과학이든 관심이 없을 터, 그래서 우리가 그를 죽인 것이죠.”

“우리라고요?”

“예, 우리요. 똑똑하고 능동적인 데다 선견지명도 있고 질서와 완벽을 신봉하는 우리가 말입니다. 간디는 민중의 가치만을 믿은 수동적인 인물이었죠. 천하고 불결한 그들은 마을마다 자치권을 행사하며 일개 승려에 불과한 브라만을 신봉하고 있었으니 이를 마냥 두고 볼 수는 없었겠지요. 우리가 죽인 것이 어쩌면 당연한 건지도 모르겠습니다.”

내가 말을 꺼냈지만 그것이 화제의 전말은 아닌 듯싶었다. 전말에는 (이를 배격이라 치부할지는 몰라도) 모순점도 들어있었기 때문이다. 즉, 민중의 가치만을 믿었다는 그가 민족주의라는 대중적 광기에 영합하는가 하면, 자칭 초인의 대열에 합류하는 동시에 악마성을 띤 민족국가 제도에도 발을 들여놓았으니 말이다. 그러면서도 저 딴에는 광기를 누그러뜨리고 국가의 악마성을 인간적인 무언가로 바꿀 수 있으리라 상상했다. 하지만 민족주의와 권력의 정치는 그가 감당하기에는 분명 무리가 있었다. 성인 간디는 조직 중심부를 비롯하여 그 안에서는 획일적인 광기를 치유할 수가 없다. 오로지 바깥, 주변부에서나 가능할 테니까. 그가 기계, 즉 집단적 광기가 구현되는 것의 부속품이 된다면 결과는 둘 중 하나로 압축될 것이다. 첫째는 존속하는 경우다. 이때 기계는 그를 가급적 오랫동안 이용해먹다가 쓸모가 없어지면 제거하거나 폐기처분할 것이고, 둘째는 그가 순행과 역행을 거듭하는 메커니즘의 형상으로 탈바꿈하게 된다는 것이다. 이럴 경우라면 종교 재판소뿐 아니라 성직자의 특권을 보장할 폭군의 연합 세력이 등장하게 마련이다.

"역겨운 상업주의를 다시 거론해봅시다." 마침내 밥이 입을 열었다.

"이를테면……."

그러나 나는 질서라는 꿈이 폭정, 미적 가치의 꿈, 돌연변이와 폭력을 낳는다고 생각해왔다. 예술 사업을 후원한 아테나는 과학전의 여신이자 천상의 합참의장이기도 했다. 우리가 힘을 모아 그를 죽이고 말았다. 그는 잠시나마 (목숨이 달린) 정치 게임을 벌인 뒤로 국가의 질서나 사회·경제적 아름다움을 더는 꿈꾸지 않겠노라 선언하고는 실존 인물과 내면의 빛이라는, 구체적이고도 보편적인 사실로 우리의 뜻을 돌이키려 했기 때문이다.

그날 아침에 본 머리기사는 비유였고 기자들이 게재한 사건은 알레고리와 예언이었다. 이 같은 상징적인 처사로, 우리는 평화를 열망하면서도 정작 평화를 이룩할 유일한 수단은 거부했고 필시 전쟁의 도화선이 되지 않을 노선을 지지하는 자들에게는 경고의 메시지를 들려주곤 했다.

"커피 다 마셨으면 슬슬 일어납시다." 밥이 재촉했다. 우리는 자리를 떠나 햇볕이 따사로운 바깥으로 향했다. 밥이 내 팔을 잡고는 꾹 쥔다.

"그동안 신세 많이 졌습니다." 그가 재차 고마움을 표시했다.

"정말 그랬기를 바랍니다, 밥."

"물론이고말고요. 사실이 그런 걸요."

정말 그랬는지도 모르겠다. 동정하는 군중 앞이라면 일이 틀어져도 기분은 나쁘지 않을 테니까. 낭만주의자들이 으레 그런다.

우리는 묵묵히 걷다가 경영자 전용 추리게라식[5] 방갈로의 중앙 복도와 영사실을 지났다. 가장 큰 입구에 넉넉히 자리 잡은 청동 명판에는 '루 루블린 프로덕션스'가 새겨져 있었다.

---

5. 17세기 말부터 18세기 초기에 걸쳐서 스페인 및 그 식민지에서 나타난 바로크식 건축

"인상 문제는 어떻게 되었습니까?" 내가 물었다.

"다시 찾아가 의사를 타진해야 하나요?"

밥은 유감스러운 듯 씩 웃으며 재차 입을 다물었다가, 수심에 잠긴 듯한 어조로 말문을 열었다.

"간디 어르신 일은 참으로 안 됐소. 그 양반이 위대한 이유는 자신의 소욕을 채울 생각은 추호도 하지 않았기 때문일 겁니다."

"동감입니다. 저도 그 점이 비결이었다고 봅니다."

"저도 큰 욕심이 없었으면 좋겠군요."

"피차일반입니다."

"소원을 이루고 나면 왜 그걸 얻으려고 바동댔나 싶을 겁니다."

밥이 한숨짓자 다시금 침묵이 흘렀다. 아카풀코도 그렇지만 만성이 급성으로, 모호한 말발이 구체적이고도 분명한 성욕으로 반전된 끔찍한 필연이 마음에 걸렸을 것이다.

경영자 전용 방갈로 진입로에서 주차장을 지나, 우뚝 솟은 음향제작 스튜디오 골목에 진입했다. 트랙터가 지나갔다. 그에 견인된 저상 트레일러에는 13세기 이탈리아 성당 서편 입구의 절반 이하를 실었다.

"〈시에나의 카타리나〉에 쓸 소품입니다."

"저게 뭐죠?"

"헤다 바디가 최근에 완성한 그림입니다. 대본은 제가 2년 전에 작업했는데 주최 측이 그걸 스트라이처에게 넘겼고, 결국에는 오툴 메넨데즈보구슬라프스키 팀이 다시 뜯어고쳤더군요. 작품을 아주 망쳐놨습니다."

덜컹거리며 달리던 또 다른 트레일러에는 성당 문의 상단과 니콜로 피사노가 제작한 연단이 있었다.

"공감하실지 모르겠습니다만 '그녀'와 간디는 여러 모로 흡사한 것 같습니다." 내가 말을 꺼냈다.

"누구요? 헤다요?"

"아니요. 카타리나요."

"아, 그래요. 전 아랫도리에 걸치는 가리개를 이야기하는 줄 알았습니다."

"정치에 뛰어든 성인을 말하는 겁니다. 정치인들은 그녀를 공격하지 않았는데 오히려 그 때문에 카타리나가 요절했죠. 물론 정치적 결실은 눈에 띌 시간조차 없었고요. 그 내용도 대본에 쓰셨나요?"

밥은 고개를 저었다.

"실로 안타까운 일이었죠." 그가 대꾸했다. "국민은 영웅이 건승하기를 바랍니다만, 아니, 그런데 어찌 교회 정치를 거론하십니까? 그건 가톨릭 정신과도 어긋날 뿐 아니라 반미주의적인 인상을 심어줄 수 있으니 신중하셔야 합니다. 그건 그렇고, 그녀가 편지를 낭독해준 사내에 집중하자면, 그는 카타리나를 열렬히 사랑했습니다. 하지만 그건 숭고하고도 영적인 사랑이었기에 그녀가 세상을 떠나자 그 또한 속세를 떠나 그녀의 초상화를 앞에 두고 기도를 드렸다고 합디다. 그런데 편지에 언급된 다른 사내도 그녀에게 연정을 품었다고 하죠. 진위야 어떻든 우린 이 작품을 재연할 겁니다. 주최 측은 험프리의 서명을 받아내기만을……."

귀청을 아리는 경적에 우리 둘은 소스라치듯 놀랐다.

"오, 조심해요!"

밥이 내 팔을 부여잡고는 뒤쪽으로 내당겼다. 스토리 부서 건물 뒤뜰에서 돌연 2톤 트럭이 나타나 차도로 질주했다.

"눈을 얻다두고 다니는 거야!" 운전수가 타박했다.

"얼간이 같으니라고!" 밥도 덩달아 욕을 퍼부었다. 그러고는 고개를 돌리며 물었다.

"혹시 저 트럭에 실린 걸 보았소?"

"대본이던데요." 그가 고개를 가로저었다.

"소각장으로 가는 겁니다. 언젠가는 갈 곳이죠. 100만 달러짜리 작품도 열외 하나 없습디다."

그는 멜로드라마에서 본 듯한 씁쓸한 표정으로 웃었다.

약 20미터 전방에서 트럭이 오른편으로 급회전했다. 속도가 너무 빠른 나머지 원심력이 작용하여 상단에 있던 대본 여섯 장 정도가 바닥에 널브러졌다. 마치 종교 재판에 회부된 죄수가 화형 장으로 가는 도중 구사일생으로 탈출한 듯한 인상을 받았다.

"운전이 저렇게 미숙해서야, 원." 밥이 투덜거렸다.

"조만간 누구 하나 쳐 죽이겠군."

"누가 목숨을 건졌는지 한번 봅시다." 내가 근방에 떨어진 대본을 주웠다.

"〈사내 같은 아가씨〉 앨버타인 크렙스 작."

밥이 작품을 기억하는 듯했다. 대본에서 악취가 났다.

"〈아만다〉는 어떤 작품입니까?" 몇 장을 넘기며 물었다. "뮤지컬 같군요. 노랫말이 있는 걸 보아하니……."

"아멜리아는 먹거리가 필요하지만,

아만다는 남자가 필요하지……."

이때 밥이 끼어들었다.

"이래봬도 벌지 대전투 때는 450만 달러나 벌어들였습니다."

〈아만다〉는 내려놓고, 독수리 날개처럼 책장이 펼쳐진 다른 작품을 집어 들었다. 표지는 스튜디오에서 주로 쓰는 주홍색이 아니라 초록 색상지를 썼다.

"〈원숭이와 본질〉이군요." 손글씨로 쓴 표지 제목을 크게 읽었다.

"〈원숭이와 본질〉이라고 했소?" 밥이 석연치 않은 듯 되물었다.

표지를 넘기자 표제지에 글이 남겨져 있었다.

"원작자 윌리엄 탤리스, 코튼우드 목장, 무르시아, 캘리포니아." 연필로 쓴 글자를 보니 "부적격 원고 반송일자 47년 11월 26일. 반송용 봉투가 첨부되지 않음. 소각 요망(두 개의 밑줄이 그어져 있었다)."

"이런 원고가 수천은 될 거요."

이때 나는 원고를 면밀히 살펴보았다.

"노랫말이 더 있군요."

"그걸 읽어 뭣 하겠습니까?" 밥은 내키지 않는 모양이었다.

내가 본문을 읽기 시작했다.

"물론 그렇다네. 물론 그렇고말고.
삼척동자도 다 아는 사실 아닌가?
종말은 원숭이가 선택하며, 인간은 수단에 불과할 뿐
망토원숭이의 뚜쟁이, 재무담당자와 개코원숭이까지
이성은 이들을 받아들이고 싶은 마음에 애써 달음질한다
어느 사환은 철학이 있음에도 폭군에게 굽실 댄다
프로이센 뚜쟁이는 헤겔의 특허사뿐 아니라
원숭이왕의 정력제를 관리할 의술기관도 두었다
그는 운율과 수사기법을 동원하여 왕의 연설을 쓰는가 하면
로켓을 대양 끝자락에 있는 고아원에
정확히 조준하기 위해 계산인력도 동원하고는
조준과 더불어 단번에 명중시키기 위해 경건한 마음가짐으로

성모 마리아께 기도할 때 피울 향도 마련해두었다네."

분위기가 썰렁해졌다. 우리는 미심쩍다는 듯 서로를 쳐다보았다.

"어떻게 생각하오?" 밥이 침묵을 깼다.

어깨를 으쓱했다. 무슨 뜻인지 당최 감이 잡히질 않았다.

"어쨌든, 원고는 버리지 마시구려." 그가 말을 이었다. "결말도 알고 싶으니까요."

마저 길을 거닐다가 마지막 모퉁이를 돌자, 야자수가 즐비한 프란체스카 수도원에 이르렀다. 작가들이 기거한다는 건물이 있는 곳이다.

"탤리스라." 입구에 들어서자 밥이 중얼거렸다.

"윌리엄 탤리스……." 고개를 가로저었다.

"그런 이름은 금시초문이군요. 그런데 무르시아가 어디죠?"

이튿날인 일요일에 비로소 답을 알게 되었다. 소재를 파악하고 지도에서 이를 확인한 뒤, 밥의 뷰익 컨버터블(미리암의 것이라야 옳겠지만)을 타고 시속 130킬로미터를 밟아 현장에 이르렀다. 모하비 사막 서남부 변두리 지역인 캘리포니아 무르시아에는 붉은 가솔린펌프들과 작디작은 식료품점이 들어서 있었다.

오랜 가뭄이 이틀 전에 꺾였다. 흐린 하늘에 차디찬 서풍이 줄곧

불었다. 샌 가브리엘 산은 잿빛 구름 아래 최근 덮인 눈으로 유령을 보듯 하얗지만, 사막에서 먼 북쪽으로는 햇빛이 긴 금빛줄기로 입사되고 있었다. 주변을 둘러보니 짙고 매끄러운 잿빛과 은빛뿐 아니라, 사막에 돋은 초목으로 — 산쑥과 버로브러쉬, 다발풀 및 메밀뿐 아니라, 여기저기서 낯선 몸짓으로 흐느적거리는 조슈아나무는 껍질이 듬성듬성 벗겨져있고 마른 가시가 돋았으며, 사람으로 치자면 팔꿈치가 숱하게 딸린 팔 끝에는 초록과 금속 빛을 띤 대못이 두텁고도 촘촘히 박혀있었다 — 희끄무레한 금색과 적갈색이 한 데 어우러져있었다.

귀가 어두운 늙은 양반은 우리가 소리를 질러대자 겨우 뭔 소린지 알아들었다. 물론 코튼우드 목장은 그도 잘 알고 있었다. 흙길을 타고 남쪽으로 1.5킬로미터를 가서 좌회전하여 관계수로를 따라 약 1킬로미터를 더 가면 목장이 나온단다. 노인은 목장에 대해 좀 더 많은 이야기를 들려주려 했지만 밥은 좀이 쑤셔 더는 들으려하지 않았다. 그가 얼른 기어를 넣어 현장을 빠져나왔다.

관계수로를 달리다 보니 미루나무와 버드나무가 왠지 생경하게 느껴졌다. 사막이라는, 엄격하고도 금욕적인 터전에서 불안스레 땅에 발을 묻어두었으나, 다른 한편으로는 관능적인 만족을 누리며 더욱 느긋하게 연명해왔기 때문이다. 지금은 잎이 진 터라 하얀 하늘이 앙상한 나뭇가지와 대비를 이루고 있지만, 앞으로 석 달이 지나면 짐작하다시피 에메랄드 빛 어린 잎사귀는 강렬하고 투명한 햇빛을 받아 짙은 빛깔을 과시할 것이다.

쾌속 질주하던 차가 약간 파인 땅을 지나며 심하게 덜컹거렸다. 밥의 입에서 욕설이 나왔다.

“정신이 말짱한 사람이 도대체 왜 이런 길 끝자락에 사는지 이해할 수가 없군요.”

“그래도 신중하게 결정했을 겁니다.” 내가 용기를 내어 대꾸했다.

밥은 나를 쳐다보려 하지도 않았다. 차는 같은 속도로 연신 달가닥거렸지만 그 와중에도 나는 눈앞에 펼쳐진 광경에 정신을 집중했다.

드넓은 사막 한복판에서 조용하지만 왠지 급격하다싶은 일이 벌어졌다. 구름이 이동하자, 광활한 사막에 섬이 솟은 듯 들쭉날쭉 돌출된 언덕에 빛이 입사되었다. 얼마 전까지만 해도 새카만 데다 활기도 없었지만 그늘이 드리워진 전경과, 구름이 빚어낸 캄캄한 배경 사이에서 생기가 돌기 시작했다. 언덕은 스스로 백열광을 발산하듯 환히 빛났다.

밥의 팔을 건드리며 이 광경을 가리켰다.

“탤리스가 이 길 끝에 살기로 한 이유를 아시겠소?”

그는 손가락 끝을 힐끔 보다가 쓰러진 조슈아나무 주변을 죽 훑더니 정면으로 시선을 돌렸다.

“고야의 동판화가 떠오르는군요. 선생도 아실 겁니다. 여성을 태운 말이 고개를 돌려 드레스를 씹고 있는 작품 말입니다. 여인은 옷이 찢겨서라도 내리려 하지만, 되레 미친 듯 실실 웃고 있죠. 광적인 희열이랄까요. 에칭의 배경에도 평야가 펼쳐져있는데 언덕도 여기와 흡사했죠. 동판화에 묘사된 언덕을 자세히 보면 마치 웅크리고 있는 동물처럼 보이는데, 반은 들쥐고 반은 도마뱀처럼 생겼습디다. 몸집은 산만큼 거대했고요. 얼마 전엔가 엘레인에게 모조품을 사준 적이 있는데…….”

하지만 침묵 속에 상상해보건대, 엘레인은 작품 속 여인과는 좀 달랐다. 우선 땅바닥에 이르기까지 말에 몸을 맡겼고, 바닥에 누워서즈는 다리를 뻗은 채 허파에 바람이라도 들어간 듯 연신 웃어댔다. 이때 큼지막한 이빨이 드레스의 상체를 씹고 스커트를 갈기갈기 찢느라 부드러운 피부에 상처를 입혔는데, 얼얼한 통증에 두려웠지만 왠지 기분이 아주 나쁘지만은 않았다. 아카풀코에서는 거대한 쥐·도마뱀이 동면에서 깨어나자 무방비였던 밥은 매혹적인 삼미신(Graces, 이탈리아의 화가 라파엘로의 작품—옮긴이)도, 엉덩이는 불그스름해가지고 마냥 웃는 큐피드 무리도 아닌 돌연변이들에게 욱여쌈을 당했다.

때마침 목적지에 도착했다. 도랑을 따라 우뚝 선 나무 사이로 테두리가 하얀 집이 시야에 들어왔다. 위로는 미루나무가, 양옆에는 각각 풍차와 헛간이 자리를 잡았다. 대문은 닫혀있었다. 밥이 시동을 끄고, 나와 함께 차에서 내렸다. 흰 표지판이 문기둥에 달려있었다. 주홍색 글자가 길게 쓰여 있었는데 페인트칠이 아직 익숙지는 않은 듯싶었다.

거머리의 키스, 오징어의 포옹
음란한 원숭이의 더러운 손길
인간이 마음에 드는가?
아니다, 그리 썩 좋지는 않다.

한 마디로 나가라는 소리다.

"제대로 찾아온 모양이군요."

밥은 고개를 끄덕였다. 우리는 대문을 열고는 드넓은 땅을 가로질러 현관문을 두드렸다. 마침 안경을 낀 땅딸막한 할머니가 반가이 맞았다. 그녀는 꽃무늬 면 드레스와 빛바랜 붉은 재킷을 걸치고 있었다.

"차가 고장났수?"

우리는 고개를 절레절레 흔들었다. 밥은 탤리스를 만나러 왔다고 이야기했다.

"탤리스 씨요?"

돌연 웃음기가 사라지고 안색이 어두워졌다.

"아직 모르고 있었구려." 그녀가 머리를 흔들며 말을 이었다.

"탤리스 씨는 6주 전에 세상을 떠났다오."

"아니 그럼, 죽었다는 말씀이십니까?"

"죽었지." 그녀는 죽음에 얽힌 이야기를 꺼내기 시작했다.

탤리스는 1년 만기로 세를 얻었다고 한다. 그는 헛간 뒤편에 있는 조촐하고 낡은 오두막에 살았다. 비록 내부 화장실이 전부였지만 이는 노스다코타에서 익숙해진 데다 다행히 겨울도 그리 춥진 않았다. 어쨌든 그는 월세와 물가 수준에 만족했고, 또한 더할 나위 없이 즐거운 나날을 보냈다. 아무도 간섭하지 않는 사생활이 마음에 들었기 때문이란다.

"표지판은 탤리스 씨가 걸어둔 건가요?"

노파는 고개를 끄덕이며 입을 열었다. 깜찍해서 그냥 놔두었다고 한다.

"지병이 있었나요?" 내가 물었다.

"병은 없었수다. 심장이 좋지 않았다는 말을 입에 달고 살긴 했지만……."

역시 사인은 심장병이었다. 침실에서 운명을 달리했단다. 어느 날 아침, 그녀는 가게에서 사온 우유 한 팩과 열두 개 들이 달걀을 전해주려할 때 탤리스를 발견했다. 몸이 아주 찼다고 한다. 거기서 밤새 누워있었을 것이다. 그런 충격은 평생 처음 겪은 데다, 그의 혈육을 아는 사람은 전혀 없었으니 다시금 까무러칠 노릇이었다. 노파는 의사에 연락한 뒤 보안관에게 신고했다. 시신 방부 처리는 물론이거니와 매장도 법원의 명령이 떨어져야 했다. 책과 신문과 옷가지 등, 고인의 유품은 싸서 상자에 넣어두었고, 혹시라도 법적 상속인이 찾아올지 몰라 이를 로스앤젤레스 어딘가에 잘 모셔두었다. 그러고는 남편과 함께 집에 돌아왔는데 내내 기분이 우울했다고 한다. 넉넉지 못했던 탤리스의 임대 만기가 넉 달 정도 남았지만 1년 치를 선불로 받았기 때문에 가슴이 더 미어진 것이다. 물론 그녀가 감사한 점은 오두막에서 살 때와는 달리, 화장실이 집 안에 있어 눈이나 비가 와도 걱정이 없었다는…….

그녀가 잠시 숨을 돌렸다. 밥과 나는 시선을 교환했다.

"그렇다면……, 돌아가는 것이 좋겠군요."

노파는 그냥 돌려보내고 싶지 않은 눈치였다.

"들어오세요. 어서요."

우린 망설이다가 못이기는 척하고 들어갔다. 현관 로비를 따라 거실로 들어서자 석유스토브가 모퉁이에서 열을 내고 있었다. 열기가 느껴지고, 튀긴 음식과 기저귀 냄새가 손에 잡히기라도 할 듯 거실을 가득 채웠다. 키가 작은 노인이 흔들의자에 앉아 〈선데이〉 만화를 보고 있었다. 마치 레프리콘[6]을 보는 듯했다. 그 곁에는 낯이 창백한 아가씨가 뭐에 넋이 나갔는지 한 팔로 아기를 안고 다른 한 쪽으로는 분홍 블라우스의 단추를 채우고 있었다. 열일곱은 넘지 않았을 것이다. 트림으로 아기의 입가에 우유거품이 맺히자, 앳된 엄마는 마지막 단추는 놔둔 채 부드러운 손길로 삐죽 나온 입술을 닦아주었다. 이때 다른 방 틈새로 여인의 청아한 노랫소리가 새어나왔다.

"때가 왔으니……." 기타 반주도 어우러졌다.

"이쪽이 제 남편입니다." 노파가 입을 열었다. "쿨튼 씨라고 해요."

"반갑소." 노인 레프리콘 쿨튼은 신문에서 눈도 떼지 않고 대꾸했다.

"여긴 손녀 케이티입니다. 작년에 결혼했죠."

"그렇군요." 밥이 아가씨에게 목례를 하고는 본인만의 '살인미소'를 보냈다.

케이티는 가구 따위나 보듯 그를 응시하며 단추를 마저 채웠다. 그러고는 아무런 말도 없이 위층으로 이어진 가파른 계단을 올랐다.

"그리고 이분들은……." 쿨튼 여사가 밥과 나를 가리키며 말을 이었다.

---

6. 아일랜드 요정의 일종. 요정을 위한 신발가게를 하고 있다. 붉은 삼각 모자를 쓴 장인풍의 소인 노인으로 뾰족한 코에 안경을 쓰고 있다.

"탤리스 씨의 친구분들이라오."

엄밀히 친구는 아니라고 덧붙여야 했다. 탤리스에 대해 아는 바는 작품뿐이나, 그에 관심이 지극한 까닭에 얼굴도장이라도 찍고 싶어 이곳까지 오게 되었다고 말이다. 하지만 공교롭게도 이미 세상을 떠났다는 비보를 접하고 말았다.

쿨튼은 그제야 신문에서 고개를 뗐다.

"예순 여섯이었지. 탤리스는 예순 여섯이었고 나는 일흔 둘이야. 그것도 작년 10월에 말이야."

그는 승리를 쟁취한 양 의기양양하게 웃으며 다시 〈플래시 고든〉[7]을 보기 시작했다. 작금의 몰골과는 사뭇 다른 천하무적 플래시, 불멸의 플래시, 아가씨를 구하는 정의의 기사 그 플래시 고든 말이다. 그는 브래지어 업계가 떠들어대는 이상주의자의 모습과도 같았다.

"탤리스 씨가 저희 스튜디오에 보낸 원고를 우연히 읽게 되었습니다." 밥이 이야기했다.

노인은 다시 고개를 들었다.

"영화사에서 일하오?"

밥이 그렇다고 했다.

이야기가 오가는 중 옆방에서 들리던 음악 소리가 돌연 끊어졌다.

---

7. 미국인 만화가 알렉스 레이몬드(1909-56)가 그린 동명 공상 과학만화의 주인공

"대형회사인가 보오?" 쿨튼 씨가 물었다.

본인은 단지 극작가인데 간혹 감독 일에 발을 담그기도 한다고 둘러댔다. 거짓을 꾸며서라도 겸손하게 보이려한 것이다.

노인이 천천히 고개를 끄덕였다.

"신문을 보니 대형 영화사는 연봉을 절반으로 깎아야 산다고 하더군요. 골드윈[8]이 그럽디다."

희열에 찬 그의 눈이 초롱초롱해졌다. 노인은 여유 있게 웃으며 갑작스레 속세에 대한 관심을 떨치고는 자신만의 신화에 집착하기 시작했다.

맙소사! 나는 어떻게든 화제를 바꿀 요량으로 탤리스가 영화에 관심이 있었느냐고 여사에게 물었다. 하지만 안쪽 방에서 들리는 발자국 소리에 그녀는 고개를 돌렸다.

나도 고개를 돌렸다. 복도에서 검은 스웨터와 체크무늬 스커트를 입은 누군가가 서있었다. 누구일까? 열여섯 살의 레이디 해밀턴이랄까, 콜리니에게 순결을 바친 니농 드 랑클로[9]와 아담한 모필, 혹은 학창시절의 안나 카레니나를 보는 듯했다.

---

8. 골드윈(1882-1974)은 폴란드 태생인 미국의 영화 제작자

9. 랑클로(16201705)는 프랑스 여성으로, 미모와 교양을 갖추고 있었고 그녀의 살롱에는 많은 저명인사가 모여들었다.

"이쪽은 손녀 로지입니다." 쿨튼 여사가 자랑스레 소개하며 속내를 털어놓았다.

"로지는 성악을 공부하고 있죠. 하지만 영화에도 출연하는 것이 꿈이라고 합니다."

"정말요!" 밥이 일어나 탄성을 질러대며 장래의 레이디 해밀턴에게 악수를 청했다.

"선생이 조언 좀 해주시구려." 손녀 바보인 노파가 귀띔했다.

"제가 바라는 건 단지……."

"의자를 하나 더 가져오렴, 로지."

로지는 밥에게 눈썹을 치켜 올리며 슬쩍 눈짓했다.

"부엌에 앉아도 괜찮으실는지."

"물론이죠!"

그 둘은 안쪽 방으로 들어갔다. 창밖을 보니 아까 그 언덕에 또다시 그늘이 졌다. 들쥐·도마뱀은 눈을 감으며 죽은 척 했지만 실은 먹잇감을 회유하려는 수작이었다.

"우연이라고 하기엔 너무 절묘하군요. 하느님의 뜻이 있었나 봐요. 마침 로지가 필요할 때 영화계의 거물이 이곳까지 찾아주다니."

"그렇지, 그것도 영화계가 휘청거릴 때 말이야." 노인은 신문에 눈을 고정한 채 대꾸했다.

"왜 그런 소릴 하는 거요?"

"내가 아니라, 골드윈이라는 사람이 한 말이라니까."

마침 철없는 아이들이 웃어대는 듯한 소리가 부엌에서 들려왔다. 밥이 대화를 주도했을 것이다.

이곳을 다시 찾아오면 어떨지 상상해보니 결과가 처음보다 더 끔찍할 것만 같았다.

뚜쟁이 쿨튼 여사는 기분이 좋았는지 미소를 띴다.

"친구가 마음에 드는 군요. 아이들과도 잘 어울리는 데다 겉만 번지르르한 사람도 아닌 것 같으니 말이오."

말은 안 했지만 안주인의 암묵적인 질타를 인정하며 탤리스가 영화에 관심이 있었는지 재차 물었다.

노파는 고개를 끄덕였다. 그렇다, 탤리스는 스튜디오에 뭔가를 보낸다고 말했단다. 돈을 좀 만지고 싶었지만 제 배나 채우려고 그런 것은 아니라고 했다. 가산을 대부분 탕진했으나 먹고 사는 데는 지장이 없었다. 실은 유럽에 보낼 자금을 마련하고 있었다. 세월을 거슬러 제1차 세계대전이 터지기 전, 그는 독일 아가씨와 혼인했다. 하지만 이혼한 뒤로는 전 부인이 아기와 독일에 정착해온 터라 외손녀 말고는 혈육이 없었다. 탤리스는 손녀를 데려오고 싶었지만 정치인들이 이를 막았다고 한다. 그래서 차선책으로 돈이라도 많이 보내면 끼니도 학업도 해결할 수 있으리라 생각한 것이다. 영화사에 시나리오를 보낸 것도 바로 그 때문이었다.

노파의 이야기에 탤리스의 글 중 일부가 뇌리를 스쳤다. 전쟁을 겪은 유럽에서 초콜릿을 대가로 몸을 파는 아이들을 묘사한 대목이었다. 손녀딸도 그 중 하나가 아니었을까? "초콜릿을 줄 테니 사랑을 다오. 무슨 말인지 알겠지?" 이를 못 알아들을 리는 없었다. 지금은 허쉬 초콜릿 바 하나지만 다음에는 두 개 더 얹어주었다.

"아내는요?" 내가 물었다. "손녀딸의 부모는 어떻게 되었습니까?"

"다 세상을 떠났지요. 유대인 같은 소수민족이 아니었나 싶습니다."

마침 레프리콘 노인이 입을 열었다. "유대인에 반감이 있는 것은 아니지만……."

그는 잠시 멈칫하고는 말을 이었다.

"따지고 보면 히틀러가 그리 막돼먹은 바보는 아니라고 생각하오."

이번에는 〈말썽꾸러기들〉[10]에 시선을 고정해두었다.

철딱서니가 없는 한바탕 웃음이 재차 부엌에서 들려왔다. 열여섯 모습의 레이디 해밀턴은 열한 살배기 목소리를 냈다. 하지만 밥을 반

---

10. 원제는 〈캣천재머 키즈*The Katzenjammer Kids*〉로, 루돌프 더크스가 쓰고 그린 연재만화를 일컫는다(1897).

기는 태도는 매우 성숙했고 외모도 정말 아리따웠다! 로지가 순진하면서도 물정에 어둡지 않은 데다, 타산적인 모험가이자 머리채가 치렁거리는 학생이었다는 점에 밥의 마음이 동했을 것이다.

"재혼을 하더군요." 노파가 킥킥대는 소리와 반유대주의 발언에 아랑곳하지 않고 말을 꺼냈다. "연극배우였는데, 이름을 말했지만 지금은 기억도 나지 않는다우. 어쨌든 그 결혼도 오래가진 못했수다. 여자가 딴 사내와 눈이 맞았지 뭐요. 독일에 조강지처를 놔두고 새장가를 들더니 꼴좋다고 한 방 먹였죠. 남편 버리고 다른 유부남과 버젓이 재혼한다는 것도 온당치는 못한 짓이지."

침묵이 흐르는 동안 일면식도 없는 사나이의 이력을 짜기워봤다. 뉴잉글랜드의 뼈대 있는 가문에서 자란 청년. 학업에 열중했지만 그리 현학적이진 않았고, 재능은 타고났으나 여가를 포기하고 피곤한 전문 글쟁이로 살고 싶어 할 정도로 특출하진 않았다. 그는 하버드에서 유럽으로 건너가 넉넉하게 살며 제법 훌륭한 인재와도 어울렸다. 사랑을 알게 된 곳은 단연 뮌헨이었을 것이다. 독일 버전의 리버티 드레스를 걸친 아가씨를 머릿속에 그려보았다. 유력한 예술가의 딸이나 미술품 애호가일 법도 하다. 현실과는 거의 동떨어진, 빌헬미네[11]의 부와 문화가 잉태한 자들 중 하나랄까. 모호하고 강렬하면서도 어

11. 1871-1918에 해당되는 독일 역사의 한 시대를 가리킨다.

디로 튈지 모르는 데다 미쳤다 싶을 정도로 이상주의적인 독일인 사색가 말이다. 탤리스는 사랑에 빠져 백년가약을 맺었고, 아내의 불감증에도 용케 한 아이의 아버지가 되었지만, 가정적인 분위기가 주는, 숨이 막힐 듯한 감동에 질식하고 말았다. 브로드웨이 무대에 선 젊은 여배우, 현지에서 휴가를 즐기다 눈이 맞은 그녀에게서 풍기는 분위기는 파리의 공기와 아울러 얼마나 신선했을까!

미국인 아가씨의 미모에
사내들이 침을 흘리니
2주나 3주 후에는
코르푸 섬으로 떠나시오[12]

그녀는 코르푸로 떠나지 않았다. 그랬다손 치더라도 탤리스와 동행했을 것이다. 그녀는 불감증이나 역마살도 없었고 모호하거나 강렬한 인상을 주지도 않았으며, 사색은커녕 감동이나 예술과는 거리가 먼 인물이었다. 안타깝게도 그녀는 '뭐 같은 계집'에 불과했고 가는 세월에 몸집만 더 커졌을 뿐이다. 이혼할 무렵에는 이미 짐승이 되어 있었다.

12. 원문은 프랑스어로 기록했다.

1947년으로 거슬러 올라가보자. 상상컨대, 탤리스는 본인의 소행을 정확히 알았을 것이다. 이를테면, 육체적 향락을 비롯하여 야한 상상이 가져다주는 흥분과 쾌감을 만끽하기 위해 아내와 딸아이는 미치광이의 손에 죽임을 당하게 하고, 손녀는 사탕이나 한 끼니 값으로 매춘을 일삼는 군인과 암거래상에 넘겼다는 것이다.

참 낭만적인 상상이다! 나는 쿨튼 여사에게 몸을 돌렸다.

"탤리스 씨를 알고 지냈더라면 참 좋았을 텐데요."

"선생도 마음에 들었을 거요. 이 집안에서 탤리스를 싫어하는 사람은 없었으니까."

그녀가 또 다른 사실을 들려주었다.

"레이디스 브리지 클럽에 가기 위해 랭커스터에 들를 때면 어김없이 묘지를 찾아간다오."

"탤리스가 퍽이나 좋아하겠다." 레프리콘 노인의 말이다.

"또 시작이군요!" 아내가 타박했다.

"탤리스가 그렇게 말했다니까. 거듭 말하지만, '내가 죽거든 사막에 묻어주시오'라고 말이오."

"스튜디오에 보낸 원고에도 그런 대목이 있었어요."

"정말 그렇소?" 여사가 미심쩍다는 어조로 반문했다.

"예, 그렇다니까요. 고인이 묻힐 무덤까지 이야기하던데요. 조슈아 나무 아래에 혼자만 있게 해달라고요."

"그게 불법이라는 사실을 말해주는 건데, 안타깝군. 새크라멘토 의회에서 법안이 통과된 후로는 불법이 되었단 말씀이야. 장의사회의 로비가 일등공신이었지. 지인 중에도 이미 장사되었다가 20년이 지난 후에 저 언덕 뒤편에 있던 매장지를 옮긴 사람이 있었지." 그는 고야의 쥐·도마뱀이 있는 쪽으로 손을 흔들었다. "조카딸이 한 300달러는 썼을 게야."

그는 과거를 회상하며 빙그레 웃었다.

"나 같으면 사막에 묻히고 싶진 않을 거예요." 여사가 강조했다.

"왜?"

"너무 외롭잖아요. 외로운 건 딱 질색이지요."

다음에는 어떤 말이 나올지 궁금하던 차에 낯이 창백한 아기엄마가 기저귀를 든 채 계단을 내려왔다. 잠시 걸음을 멈추고는 부엌을 빼꼼히 들여다본다.

"로지, 진작 기저귀를 갈아줬어야지." 낮은 어조에 노여움이 묻어났다.

그녀는 몸을 돌려 입구 로비로 걸어갔다. 열린 문틈으로, 화장실에 구비된 현대식 시설이 눈에 띄었다.

"아이가 또 설사를 하네요." 엄마가 안타까운 심정으로 할머니 곁을 지나가며 한 마디 던진다.

이때 얼굴이 상기된 채 눈은 설렘으로 초롱초롱 빛나는 미래의 레이디 해밀턴이 부엌에서 모습을 드러냈다. 어깨 너머로 보이는 출입구에는 미래의 해밀턴이 서있었다. 훗날 넬슨 경이 되리라는 상상에 젖은 모습이었다.

"할머니, 브릭스 씨가 스크린 오디션 기회를 주신다고 하네요."

저런 멍청이! 나는 몸을 일으켰다.

"이제 슬슬 가보죠, 밥." 너무 늦긴 했다.

반쯤 열린 욕실 문틈으로 기저귀 헹구는 소리가 들렸다.

"이게 무슨 소리지?!" 내가 밥에게 귀띔했다.

"무슨 소리 말이요?"

나는 어깨를 으쓱하며 지나쳐버렸다. 귀는 있었지만 더는 들으려하지 않았다.

세상을 떠나기 전의 탤리스는 우리가 가장 가까이서 만나지 않았나 싶다. 원고를 읽으면 그의 정신세계를 헤아릴 수 있을 것이다. 이제 〈원숭이와 본질〉의 각본을 각색이나 코멘트 없이 게재하련다.

각본

제목과 협찬을 끝으로, 의기양양한 천사의 코러스와 트럼펫 소리가 울리며 제작자의 이름이 올라간다.

음악이 극의 성격을 바꾸니, 드뷔시가 곡을 썼더라면 작품이 얼마나 섬세해질까? 경박하고 불손한, 와그너의 곡과 요한 슈트라우스의 저속한 곡도 모두 순수하고도 세련된 것으로 바뀌지 않을까! 스크린에는 테크니컬러보다 더 나은 기법으로 촬영한 영상이 떠오른다. 때는 동틀 무렵이다. 밤은 잠잠한 바다의 어둠 속에서 꾸물대는 듯 보이고, 투명한 잿빛은 가장자리에서는 푸른빛을 띠다가 천정에 갈수록 점차 군청색으로 짙어진다. 샛별이 동쪽 하늘에서 반짝인다.

내레이션

형언할 수 없는 아름다움과 불가해한 평화……
그러나 아쉽게도 스크린에 뜬
이 엠블럼은
아무개 여사가 노래한
엘라의 시가와 닮지 않았나 싶다
엘라 윌러 윌콕스[13] 말이다
대자연의 숭고함으로
예술은 터무니없는 것을
너무도 자주 빗어낸다
물론 위험은 감수해야 하는 법
객석에 앉은 당신은
어떻게든, 어떤 대가를 치르든
윌콕스든, 그보다 더 못된 작자든
어떻게든 떠올려야 할 것이다
상식이 통하도록
이를 기억해내야 할 것이다
애원을 해서라도

13. 미국의 여류시인(1850-1919)

해설자가 대본을 낭독하면 영원을 표상하는 엠블럼이 자취를 감추면서 초만원을 이룬 궁전 그림이 서서히 나타난다. 조명이 약간 밝아지자 잘 차려입은 관객이 시야에 들어온다. 객석에는 남녀노소 할 것 없이 개코원숭이만 앉아있다.

내레이션

그러나 인간은, 오만한 인간은
보잘것없고 덧없는 권력은 몸에 걸치고도
당연한 상식에는 무지하다
인간의 투명한 본질은, 분노하는 원숭이처럼
높은 하늘 앞에서 감쪽같은 속임수로
천사를 울린다[14]

다시 스크린으로 돌아와 보니 원숭이들이 이를 뚫어져라 응시하고 있다. 세미라미스[15]나 메트로 골드윈 메이어쯤 돼야 상상이나 할 수 있을 법한 무대에서 가슴이 풍만한 젊은 원숭이가 옅은 분홍빛

14. 셰익스피어의 희곡 〈자에는 자로Measure for Measure〉에서 발췌한 시
15. 아시리아 전설에 등장하는 여왕으로 미(美)와 지혜로 유명하며 바벨론의 창건자로 전해짐

의 이브닝가운을 걸쳤는데, 입술에는 주홍색 루즈를, 주둥이에는 엷은 자줏빛 파우더를 발랐고, 붉게 달궈진 두 눈에는 마스카라를 둥그렇게 칠했다. 뒷다리가 짧아 엉덩이가 씰룩거린다. 조명이 현란한 나이트클럽 무대에 올라서자 200~300쌍의 털복숭이 손이 박수갈채를 보낸다. 그 암컷이 루이 15세풍 마이크에 다가선다. 이때 그 뒤로 마이클 패러데이[16]가 개목에나 채우는 강철 체인에 달린 채 두 손과 무릎으로 기어 나온다.

내레이션

"당연한 상식에는 무지하다……."

'지식'은 무지의 또 다른 이름이라는 점은 덧붙이지 않아도 될 듯 싶다. 매우 조직적인 데다, 물론, 특출하게 과학적이라는 사실이 되레 원숭이의 심기를 건드렸으니 말이다. 무지가 단순한 무지일 때 우리는 여우원숭이와 마모셋[17]과 짖는원숭이에 불과하다. 오늘날, 인간의 지식이라는 숭고한 무지 덕택에 인류의 위상은 크게 높아져 말단은 개코원숭이요, 최고는 오랑우탄이나 '사회의 구주'라는 계급을 마련한다면 단연 고릴라가 차지할 것이다.

---

16. 패러데이(1791-1867), 영국의 화학 물리학자

17. 중남미에 사는 작은 원숭이

암컷 원숭이가 마이크를 잡았다. 그녀는 고개를 돌리고는 무릎을 꿇은 패러데이를 주시했다. 아픈 허리를 펴려는 그 순간에 말이다.

"허리를 구부리세요, 어르신, 몸을 낮추시라고요!"

어조로 보아 사정을 봐줄 것 같진 않다. 그녀는 나이가 지긋한 박사에게 산호가 박힌 승마용 회초리로 상처를 입힌다. 패러데이가 고통스런 인상을 쓰며 다시금 허리를 구부리자 객석에 있던 원숭이들의 박장대소가 이어진다. 무대에 오른 암컷은 관중에게 키스를 날리며 마이크를 끌어온다. 그러고는 무시무시한 이빨을 드러내며 열창을 시작한다. 최근 인기몰이 중인 노래를 저음으로 부른다.

사랑하라, 사랑하라, 사랑하라
사랑은 생각과 행동을 비롯한 모든 것의
본질이라네
내게 다오, 내게 다오, 내게 다오
디튜미슨스를[18] 다오
사랑은 바로 당신이라오

패러데이의 얼굴이 클로즈업된다. 놀라움과 혐오감, 분노, 수치심

18. 발기 후 성기가 이완된 상태를 일컫기도 한다.

과 고뇌에 못 이겨 주름진 뺨에 눈물이 주르르 흐른다.

이때 방송이 송출되는 지역에서 이를 듣는 주민을 몽타주 쇼트로 잡는다.

소시지를 튀기는 뚱보 주부 원숭이는 스피커를 들으며 만족스런 상상에 빠지면서도 한편으로는 대놓고 털어놓을 수 없는 소원 탓에 감정이 격앙된다.

아기 원숭이는 침대에 서서 서랍장에 비치된 휴대용 라디오로 손을 뻗어 디퓨미슨스 노래가 나올 법한 방송에 주파수를 맞춘다.

그리고 금융계에 종사하는 중년 원숭이는 증시 뉴스를 읽다가 잠시 귀를 쫑긋 세우며 눈을 감고는 황홀경에 빠져 입꼬리가 올라간다. '내게 다오, 내게 다오, 내게 다오, 내게 다오.'

십대 원숭이 둘은 주차한 차 안에서 노랫가락을 어설프게 흥얼댄다. "사랑은 바로 당~신이라오……." 주둥이와 발이 클로즈업된다.

패러데이의 눈물이 다시 잡힌다. 가수가 고개를 돌려 고뇌에 찬 그의 얼굴을 보고는 분통을 터뜨리며 구타한다. 야만인처럼 채찍질을 거듭하자 객석은 박수갈채로 떠들썩해진다. 이때 황금과 벽옥으로 된 나이트클럽의 벽이 사라지고, 원숭이와 지성인 포로의 형상이 첫 시퀀스의 새벽녘 어스름에 잠시 실루엣으로 처리되고 나면 이 둘도 페이드 아웃된다. 지금은 영원을 표상하는 엠블럼이 보인다.

내레이션

바다와 찬란한 지구, 경계가 없는 하늘의 수정빛깔, 분명 이를 기억하고 있을 것이다! 그렇지 않은가! 아니, 벌써 잊었거나, 정신적 동물원과 내면의 수용소, 그리고 조명을 받는 이름이란 오로지 당신의 것뿐인, 상상속의 브로드웨이 극장 너머에 존재하는 것은 발견한 적이 없을지도 모르겠다.

카메라가 하늘을 가로지르고, 검은 톱니처럼 생긴 바위섬이 지평선을 끊는다. 돛이 넷 달린 종범선이 섬을 지나간다. 카메라가 접근하면 뉴질랜드 국기가 나부끼는 선박이 눈에 띈다. 캔터베리호다. 선장과 승객이 난간에 서서 동쪽을 유심히 응시하고 있다. 그들이 든 쌍안경을 통해 황무한 해안선이 드러난다. 때마침 먼 산의 실루엣 뒤로 태양이 떠오른다.

내레이션

새로운 태양이 뜬 오늘은 2108년 2월 20일이고, 배에 오른 사람들은 북미행 뉴질랜드 재발견 탐험대의 대원이다. 제3차 세계대전에서 뉴질랜드는 가까스로—이런 이야기는 하지 않아도 되지만, 인도적인 동기가 아니라 적도 아프리카처럼 지리상 멀리 떨어진 곳까지 전멸시킬 명분은 찾기가 어려웠기 때문이다—목숨을 부지하고는 제법 융성해졌다. 방사능의 여파가 전 세계에 확대된 까닭에 약 1세기가 지나도록 완전히 고립된 것이다. 이제 전쟁의 여파가 막을 내린 까닭에 제1기 탐험대가 서방에서 미 대륙을 재탐험하는 한편, 지구 반대편에서는 흑인 사내들이 나일강과 지중해를 건너고 있다. 박쥐가 들끓는 영국 의사당 홀과, 좀처럼 사그라질 줄 모르는 여성 할례의식을 기념하는 바티칸의 미궁에서는 부족의 현란한 춤판이 벌어진다! 원하는 것은 뭐든 널린 세상이다.

현장이 어두워지자 총성이 들린다. 조명이 다시 밝아지면 앨버트 아인슈타인 박사가 몸을 웅크리고 있다. 밧줄에 묶인 박사 앞에는 복장을 통일한 개코원숭이들이 보인다.

카메라는 잔해와 부러진 나무 및 시체가 즐비한 무인지대에 훑고 지나가다가, 이색적인 장신구를 걸친 짐승들 위에 멈춘다. 먼저와는 깃발이 다르다. 이번에도 앨버트 아인슈타인 박사가 비슷한 밧줄에 묶인 채 저들의 가죽장화 뒤에 웅크리고 있다. 둥글게 헝클어진 머리카락 아래로 선하고 순수한 얼굴이 당혹감이 서린 고통을 표출한다. 카메라는 이리저리 오가며 아인슈타인과 또 다른 아인슈타인을 포착한다. 똑같은 두 얼굴을 근접 촬영한다. 이때 두 아인슈타인은 각자의 주인이 신은 가죽 부츠 사이를 통해 망연자실한 눈으로 상대를 바라본다.

사운드 트랙과 육성, 색소폰과 첼로는 연신 디튜미슨스를 열망한다.

"앨버트, 자넨가?" 아인슈타인이 마지못해 묻는다.

상대방이 천천히 고개를 끄덕인다.

"앨버트, 자네가 아니길 바랐건만."

이때 머리위로 다른 편 진영의 깃발이 신선한 바람에 나부끼기 시작한다. 색상을 입힌 무늬가 드러났다가 접혀 보이질 않는다. 다시 무늬가 보였다가 가려진다.

내레이션

수직 줄무늬, 수평 줄무늬, 오·엑스 무늬, 독수리와 망치 무늬는 제멋대로 그려 넣은 상징에 불과했다. 하지만 상징이 부가된 현실은 그 상징의 영향력을 벗어날 수 없는 법. 고스와미와 알리도 한때는 평화롭게 지냈지만, 너도 나도 기를 세우고 개코원숭이 신의 백성도 모두 깃발을 들고, 알리와 고스와미도 깃발을 쥐게 되자 '기'라는 것이 뭔지, 그 때문에 포피가 있는 자는 그렇지 못한 자의 내장을 꺼내고 할례자는 무할례자를 쏘고 그의 아내를 겁탈하는가 하면 자녀는 불에 서서히 익혀 죽이는 것이 되레 정당하고 적절한 짓이 되었다.

한편, 펄럭이는 깃발 위로 거대한 구름이 흘러가고 구름 뒤에는 투명한 본질을 표상하는 푸른 하늘이 보이고 깃대 아래로는 밀과 에메랄드 빛깔의 푸른 벼와 수수가 자란다. 육체를 위한 빵과 영혼을 위한 빵이다. 우리는 빵과 깃발이라는 선택의 갈림길에 놓여있다. 이런 말은 굳이 안 해도 되지만, 우리는 거의 만장일치로 깃발을 선택해왔다.

카메라는 높이를 낮추며 기에서 아인슈타인을 포착했다가, 아인슈타인에서 배경에 있던 참모로 이동한다. 그들은 혁혁한 공로를 세운 바 있다. 이때 두 야전 사령관이 거의 동시에 명령을 선포하자 원숭이 기술자들이 에어로졸을 분사하는 모터동력 장비를 끌고 양측에 나타난다. 한쪽 진영의 압력탱크에는 '초강력 야토병균'이, 상대 진영의 것에는 '개량한 마비저균, 순도 99.44% 보장'이라는 글귀가 페인트로 칠해있다. 각 진영의 기술자들은 족쇄를 채운 마스코트인 루이 파스퇴르와 함께 출현한다. 사운드 트랙이 개코원숭이 아가씨의 노래를 다시 연상시킨다. "내게 다오, 내게 다오, 내게 다오, 디퓨미슨스를……." 이윽고 관능적인 노래는 〈희망과 영광의 땅〉으로 바뀐다. 취주악대가 연주하고 1만 4천 명의 합창단이 육성으로 부른다.

내레이션

"무슨 땅인가?"라고 묻는다면, 나는 답할 것이다
옛 땅은 다 맞다고
영광은, 물론, 원숭이왕의 것이라고
희망을 두고는—
소심한 가슴에 신의 가호가 있기를, 희망이란 없다

돌연 완성되거나,

서서히 고통을 겪으며 완성될

가능성만이 거의 무한할 뿐이다

궁극적이고도 돌이킬 수 없는

디퓨미슨스 말이다

카메라는 밸브 꼭지를 잡고 있는 앞발을 클로즈업했다가 뒤로 물러선다. 압력탱크에서 누런 연무가 무인지대를 가로질러 상대편 진영 쪽으로 서서히 흘러가기 시작한다.

내레이션

마비저균, 마비저균은 말이나 걸리지 사람에게는 흔치 않은 병이다. 하지만 걱정할 필요는 없다. 과학이 이를 보편적인 질병으로 만들어줄 테니까. 증상은 대강 이렇다. 일단 뼈마디가 온통 쑤신다. 고름집이 온몸에 퍼지고, 피하지방이 딱딱하게 부풀어 오르다가 터지면 궤양이 되어 허물이 벗겨진다. 그리고 비강 점막은 곪아 고약한 냄새가 나는 농이 다량 흘러내리고, 궤양은 비강 내에서 주변의 뼈와 연골을 잠식할 것이다. 코에서 비롯된 염증이 눈과 입, 목과 기도로 전이되면, 환자는 3주가 채 되기 전에 사망하고 만다. 모두 주검이 되어가는 실상을 목도하는 것은 정부가 영입한 명석하고 젊은 박사들의 몫이다. 물론 정부뿐 아니라, 세인의 집단적 정신분열증을 조장하기 위해 선출되었거나, 몸소 자처한 자들의 몫이기도 하다. 이들은 생물학자와 병리학자 및 생리학자로 연구실에서 고된 나날을 보낸 뒤 귀가하면 아담하고 사랑스런 아내를 안아주고 자녀와는 신나게 놀아줄 것이다. 그러고는 친구와 조용히 저녁을 먹은 뒤 음악을 감상하거나, 정치나 심리학에 대해 지적인 대화를 나누고 나면 밤 11시에는 아내와 사랑을 나누곤 한다. 이튿날 아침, 오렌지 주스와 그레이프너트로 가볍게 배를 채우고 나면 연구실에 가서 그들과 같은 가정이 얼마나 더 치명적인 비저균에 감염될지 연구할 것이다.

사령관의 명령이 떨어진다. 천재를 벌충해온 원숭이들이 가죽끈을 젖히거나 채찍을 마구 휘두른다.

카메라가 저항하는 아인슈타인들을 가까이서 포착한다.

"안돼…… 그럴 순 없소."

"할 수 없다고 말했잖소."

"이런 불충한 것들……!"

"매국노!"

"더러운 코뮤니스트 같으니라구!"

"지독한 부르주아·파시스트 놈들!"

"제국주의 빨갱이들!"

"독점자본주의 놈들!"

"이래도 안 할래!"

"이래도 안 할 거야!"

발로 차이고, 채찍으로 맞고, 목이 졸려 거의 죽다시피 한 아인슈타인들은 끝내 초소 같은 곳으로 끌려간다. 그 안에는 다이얼과 스위치 및 손잡이가 딸린 계기판이 있다.

<u>**내레이션**</u>

물론 그렇다네

물론 그렇고말고

삼척동자도 다 아는 사실 아닌가?

종말은 원숭이가 선택하며, 인간은 수단에 불과할 뿐

망토원숭이의 뚜쟁이, 재무담당자와 개코원숭이까지

이성은 이들을 받아들이고 싶은 마음에 애써 달음질한다

어느 사환은 철학이 있음에도 폭군에 특허사 뿐만이 아니라

원숭이왕의 정력제를 관리할 의술기관도 두었으며

그는 운율과 수사기법을 동원하여 왕의 연설을 쓰는가 하면

로켓을 대양 끝자락에 있는 고아원에

정확히 조준하기 위해 계산인력도 동원하고는

조준과 더불어 단번에 명중시키기 위해 경건한 마음가짐으로
성모 마리아께 기도할 때 피울 향도 마련해두었다네.

취주악단이 가장 끈적한 음색을 내는 오르간에 자리를 내주자 〈희망과 영광의 땅〉은 〈전진하라, 기독 용사들이여〉로 바뀐다. 교회법의 관례에 의거하여 브롱스의 원숭이주교는 보석을 걸친 앞발로 주교장을 내밀며 두 야전 사령관과 애국심을 자극하는 행렬을 축복한다.

내레이션

교회와 국정
탐욕과 증오……
수장인 고릴라 하나에
원숭이인간은 둘

회중

아멘, 아멘.

주교

원숭이의 이름으로……

사운드 트랙에는 성가대를 이룬 성인의 육성과 소년의 미성이 들린다.

"예수의(dim) 십자가를(pp) 앞에 들고(ff)"[19]

큼지막한 털북숭이 손이 아인슈타인들을 일으켜 세우고는 그들의 손목을 잡는다(클로즈업). 방정식을 쓰고, 요한 세바스찬 바흐의 음악을 연주했던 그 손가락이 이제는 원숭이의 조종을 받게 된 것이다. 카메라는 마스터 스위치를 클로즈업한다. 손가락은 두려움에 못 이겨 결국 스위치를 찬찬히 내린다. "찰칵" 소리와 함께 기나긴 적막이 흐른다. 해설자가 입을 열자 마침내 적막은 깨진다.

내레이션

초음속 미사일은 적시에 목표를 강타할 것이다.

여러분, 최후의 심판을 기다리는 동안 조금이나마 조찬을 즐기는 건 어떤가!

원숭이들은 하버색을 열어 빵과 당근 몇 개, 그리고 두서 덩이의 각설탕을 아인슈타인들에게 던져주고 저들은 럼주와 볼로냐 소시지

---

19. dim: 디뮤니엔도(점점 여리게), pp: 피아니시모(아주 약하게), ff: 포르테시모(아주 세게)

를 탐닉한다.

종범선이 디졸브[20]로 연결된다. 항해하던 재발견 탐험대의 과학자들도 아침을 먹고 있다.

내레이션

심판에서 생존한 자들이다. 선량한 사람들인데다 그들이 대변하는 문명도 훌륭하다! 물론 가슴이 벅차다거나 설렐 만한 것은 다 자취를 감추었다. 이를테면, 파르테논이나 시스타나 성당[21]도, 뉴턴이나 모차르트트, 셰익스피어도 없으며, 에첼리노나, 나폴레옹, 히틀러, 제이 굴드[22]도, 종교재판과 숙청, 민족 학살도, 린치 따위도 없다. 높은 정상과 심연도 없으나 아이들에게 줄 우유는 풍성하고 평균 지능지수도 높고, 만물은 한적한 시골처럼 아늑키도 하고 이지적인 데다 인정도 느껴진다.

대원 중 한 사내가 쌍안경을 들고는 2, 3킬로미터 정도 떨어진 해

---

20. 디졸브: 한 화면이 사라짐과 동시에 다른 화면이 점차로 나타나는 장면 전환 기법. 화면의 밀도가 점점 감소하는 것과 동시에 다른 화면의 밀도가 높아져서 이윽고 장면이 전환되는 것을 말한다.

21. 시스타나 성당: 교황 식스투스 4세가 1473~1481년에 세운 성당으로 바티칸 미술관 안에 속해 있다.

22. 19세기 미국 자본주의하의 철도회사 경영자 금융업자 주식투자가다.

안을 응시한다. 그는 문득 솟구치는 희열에 탄성을 지른다.

"저기, 산마루 좀 보세요!" 그가 쌍안경을 동료에게 건넨다.

다른 동료가 그쪽을 본다.

망원경으로 보이는 낮은 언덕을 카메라에 잡는다. 등성이 정상에 유정탑 셋의 실루엣이 비친다. 최신 설비와 효율성을 갖춘 갈보리 산을 보는 듯했다.

"석유다!" 방금 쌍안경을 든 동료가 전율하며 외친다. "유정도 그대로 있고요!"

"유정이 아직도 있다고?"

놀라움에 분위기가 어수선해졌다.

"그렇다면……." 지질학을 연구한 크래기 교수가 입을 연다. "인근에는 폭발이 많지 않았다는 이야기인데."

"꼭 폭탄이 필요한 건 아니지." 핵물리학부에서 근무해온 동료 교수가 반박한다.

"방사능 가스라면 넓은 지역도 너끈히 초토화시킬 수 있을 테니까."

"박테리아와 바이러스는 잊으신 것 같군요." 생물학자인 그램피언 교수가 끼어든다. 자신이 무시를 당했다는 기분이 어조에 묻어난다.

그램피언의 젊은 아내는 인류학자인지라 논쟁에 별 도움이 못 되어 물리학자를 째려보는 것으로 만족해한다.

트위드를 걸친 몸매는 탄탄하지만 뿔테안경을 껴서 그런지 명석해 보이는 에델 후크는 식물학부 연구원이다. 그녀는 식물의 병충해가 널리 확산되었다는, 거의 분명한 사실을 일깨워주고 난 뒤 주장에 동감하는지 보려고 풀 박사에게 시선을 돌린다. 풀은 고개를 끄덕인다.

"식물의 병충해는……." 그가 전문가답게 해명한다.

"핵분열 물질이나 인공적인 전염병 못지않게 파장이 클 겁니다. 생각해 보세요. 이를 테면 감자는……."

"사실도 아닌 일에 왜들 호들갑이죠?" 엔지니어인 커드워스 박사가 볼멘소리를 낸다. "아예 송수로를 차단한 채 일주일이 지나면 게임 끝이잖아요. 마실 물이 없으니 다들 세상을 뜨지 않겠소." 자기가 던진 농담에 박사 혼자 박장대소한다.

한편, 심리학을 전공한 슈니글록 박사는 가만히 앉아 논쟁을 듣지만 경멸어린 미소는 감추지 못한다.

"그렇다면 송수로 이야기는 왜 꺼내신 겁니까?" 그가 물었다.

"대량살상무기로 위협만 해도 될 텐데요. 나머지는 패닉(공포심)이 다 알아서 해줄 테니까요. 예컨대, 심리치료가 뉴욕에 작용한 결과를 떠올려 보십시오. 해외에서 송출된 단파방송과 석간신문에 실린 1면 기사만으로 800만 시민 중 일부가 교량과 터널에서 압사를 당했고,

생존자들은 마치 전염병에 걸린 들쥐와 메뚜기떼처럼 교외로 뿔뿔이 흩어졌지요. 게다가 물이 오염되고 장티푸스와 디프테리아 및 성병도 확산되고, 서로 물고 뜯고 약탈하고 살인에 강간도 모자라, 죽은 개와 아이의 사체를 먹고 농부는 눈에 띄는 족족 총을 쏴대고 경찰은 폭행을 일삼는가 하면, 주 방위군은 기관총을 난사하고 자경단원은 목을 매달아 죽였죠. 그런 사건이 시카고와 디트로이트, 필라델피아, 워싱턴, 그리고 런던과 파리, 봄베이, 상하이와 도쿄, 모스크바, 키에프, 스탈린그라드 등, 각 수도와 제조업 단지, 항구, 철도 환승역 할 것 없이 전 세계에 확산되었잖아요. 총은 한 발도 쏘지 않았는데 문명은 이미 폐허가 되고 말았죠. 즉, 굳이 폭탄을 쓸 이유가 없다는 겁니다."

내레이션

사랑은 두려움을 쫓아내고, 두려움은 사랑을 쫓아낸다. 물론 사랑만 내치는 것은 아니다. 두려움은 지성을 내몰고 선을 제거하며 미와 진리에 대한 사상을 죄다 몰아낸다. 익살스럽지만 무덤덤한 좌절만이 남아있을 뿐이다. 좌절에 빠진 그는 방구석에 임재한 혐오스런 신을 의식하지만 창도 없고 문도 잠겼다는 사실에 더욱 절망한다. 누군가가 소매에 손을 대자 고약한 입 냄새가 난다. 사형집행인의 수하가 다정하게 몸을 기댄다. "자네 차례군. 천천히 이쪽으로 오게." 순간

엄습한 두려움은 허망하지만 과격한 광기로 돌변한다. 이제 그는 사람도 아니고, 상대방에게 속내를 털어놓을 이성적인 존재도 아니다. 다만 덫에 걸린 채 신음하며 발악하는 짐승에 불과하다. 결국 두려움은 인간성도 걷어가는 법이다. 친구여, 두려움은 생활의 근간이자 기초가 된다. 두루 회자되는 기술은 생활수준을 격상시켰지만 참혹하게 죽을 개연성도 크게 늘었다. 그 같은 기술에 대한 두려움, 한 손으로 풍성히 베풀었다가 다른 손으로는 훨씬 더 많은 것을 빼앗은 과학에 대한 두려움, 목숨을 바쳐서라도 충성하겠다는 일념으로, 죽이고 죽으려는 치명적인 관행에 대한 두려움, 민중의 지지로써 결국에는 되레 우리를 살육하고 노예로 삼기 위한 세력으로 승격시킨 위인에 대한 두려움, 원치는 않지만 어떻게든 일으켜보려는 전쟁에 대한 두려움.

해설 중 원숭이와 포로인 아인슈타인이 야외에서 소풍을 즐기는 장면을 디졸브로 연결한다. 그들이 경쾌하게 음식을 즐길 때 〈전진하라, 기독 용사들이여〉의 첫 두 마디가 계속 반복되고 속도와 크기가 점차 증가한다. 이때 연주는 거대한 폭발음에 끊긴다. 어둠이 깔린다. 충돌과 파열, 비명과 신음소리가 길게 늘어진다. 돌연 침묵이 흐르다가 조명이 점차 밝아지면 다시 미명이 찾아온다. 샛별과 함께 섬세하고 순수한 음악이 깔린다.

내레이션

형언할 수 없는 아름다움과 불가해한 평화……

저 멀리 수평선 밑으로, 장밋빛 연기 기둥이 하늘로 치솟다가 거대한 버섯모양으로 퍼지더니 한동안 그대로 있다가, 외톨이 행성을 가린다.

다시 소풍 장면을 디졸브로 연결한다. 원숭이는 모두 죽었다. 두 아인슈타인의 얼굴이 화상으로 끔찍하게 일그러진 채, 꽃이 핀 사과나무의 잔해 밑에 나란히 누워있다. 압력탱크에서 개량된 마비저균이 새어나온다.

아인슈타인 1

이건 말도 안 돼, 이럴 수가……

아인슈타인 2

남의 눈에 피눈물 나게 한 적도 없는 우리가……

아인슈타인 3

진리만을 위해 살아온 우리가……

내레이션

바로 그 때문에 원숭이의 잔혹한 만행에 죽어간 것이다. “우리는 진리의 우상을 만들었다. 자비 없는 진리는 신이 아니기 때문에 그 형상과 우상은 사랑도, 숭배도 해서는 안 될 것이다.” 파스칼이 300여 년 전에 한 말이다. 우리는 우상을 섬기기 위해 살았고, 결국 모든 우상의 이름은 몰록이다. 그래서 여러분이 이 자리에 있는 것이다. 이 자리에 말이다.

정체된 전염 가스는 소리 없이 진행하다가 급작스런 돌풍에 내몰린 누런 가스가 사과 꽃 가운데서 소용돌이친다. 그러다가 하강 기류를 타며 누워있는 두 인물을 삼키고 만다. 질식에 의한 괴성은 20세기 과학의 자살을 선언한다.

로스앤젤레스 서쪽으로 약 30킬로미터 떨어진 남부 캘리포니아 해변의 한 지점을 디졸브로 잇는다. 재발견 탐험대의 과학자들이 포경선에서 내리고, 그 뒤쪽으로는 선박에서 배출된 하수가 바다와 만나 산산이 부서진다.

내레이션

파르테논과 콜로세움—

그리스의 영광과 위엄이다

여기서 끝이 아니다—

테베와 코판, 아레초와 아잔타
부르주는 폭력으로 하늘을 장악하고
신의 지혜는 잠잠히 표류한다
그러나 빅토리아 여왕의 영광은
당연히 런던 서중앙구에 남아있다
프랭클린 델라노[23]의 위엄은
가장 큰 배수관이다
지금은 메말라 부서졌도다. 오! 통재라, 통재라
한 아름 실은 콘돔은(희망이나 정욕처럼 누구도 말리진 못할 터) 색이 바래지진 않을 것이다
이 외로운 해변에 바람꽃이나 여름 데이지의 것 같은 은하가 곁에 있다

한편, 대원들은 크래기 박사를 선두로 해변을 가로지른다. 낮은 벼랑은 이미 지나갔고 언덕 뒤에 있는 유정에 당도하기 위해 침식된 모래 평원을 걷는다.

카메라는 탐험대의 수석 식물학자인 크래기 박사에 초점을 맞춘다. 그는 주변을 훑는 양처럼 초목에서 초목으로 이동하며 돋보기로

---

23. 루즈벨트 대통령

꽃을 유심히 관찰하고는 표본을 채취해 채집상자에 넣는다. 물론 검은 노트에 기록해두는 것도 빠뜨리는 법이 없다.

내레이션

우리의 영웅 알프레드 풀 박사가 등장한다. 학생이나 후배 교수에게는 '굼벵이 풀'로 더 유명하다. 그런데 누군지는 몰라도 정말 별명 하나는 잘 지었다. 보면 알겠지만 그리 못생긴 편은 아니다. 뉴질랜드 왕립학회에도 가입되어 무식한 사람은 아니지만, 평소에 내세울 수 있는 장점이라고는 머리뿐이니 매력이 잠복해있다고나 할까. 투명인간 취급을 받진 않으나, 마치 판유리에 사방이 막힌 곳에 사는 사람처럼 누군가와 접촉한 적은 없다. 심리학부의 슈니글록 박사라면 주저하지 않고 해명하겠지만, 풀 박사의 단점은 남편과 사별한 모친의 헌신에서 비롯된 것이다. 이를테면, 아침 밥상에서 나누는 이야기를 주도하고, 아들의 실크셔츠를 손수 세탁하고, 양말도 직접 꿰매는 그녀는 성인이고 불굴의 용사며 흡혈귀와도 자못 흡사하다.

후크 양이 흥분하며 쇼트[24]에 들어온다.

"굉장하지 않아요, 알프레드 박사님?" 그녀가 탄성을 지른다.

---

24. 영화에서 한 대의 카메라가 계속해서 잡는 장면

"정말 그렇군." 풀 박사가 정중히 추임새를 넣는다.

"유카 글로리오사를 원산지에서 보게 되다니 누가 상상이나 했겠어요? 아르테미시아 트리덴타타는 또 어떻구요."

"아르테미시아는 꽃이 아주 지진 않았군." 풀 박사가 말을 잇는다. "혹시 이상하다는 생각은 안 드나?"

후크 양은 수목을 찬찬히 살피고는 고개를 흔든다.

"기존 교과서에서 묘사한 것보다는 훨씬 더 크다네." 박사가 흥분을 자제한 어조로 말한다.

"훨씬 크다고요?" 그녀는 상기된 얼굴로 박사의 말을 반복한다. "박사님, 하지만……."

이때 풀 박사가 고개를 끄덕인다.

"감마선 피폭으로 생긴 사배성이라네."

"오, 박사님!"

내레이션

트위드 코트를 걸치고 뿔테 안경을 낀 에델 후크는 꽤나 신중하고 누구보다 영국인답고 일도 능률적으로 잘 해내는 여성인 까닭에, 그녀만큼이나 신중하고 능률적인 데다 영국인다운 남자가 나타나지 않는 한 아무도 그녀와는 결혼하지 않을 것이다. 그래서인지 서른다섯을 먹도록 여태 시집을 가지 않았다. 하지만 처녀딱지는 빨리 떼면 좋겠다는 입장이다. 알프레드 박사는 아직 프로포즈를 하진 않았지만 모친은 청혼을 바라고 있다. 그녀도 잘 아는 사실이다(후크는 알프레드가 모친의 마음을 알고 있다는 것도 훤히 꿰고 있다). 또한 알프레드가 효자라는 점도 그녀는 잘 알고 있다. 그 둘에게는 공통점도 많다(식물학과 대학 및 워즈워스의 시 등). 그녀는 오클랜드로 돌아가기 전에는 혼사 준비가 다 끝날 거라 믿는다. 트릴리엄 박사의 주례로 조촐하게 식을 올리고, 남 알프스로 신혼여행을 떠나고 나면 에덴 산에 마련해둔 소박한 신혼집으로 돌아와서는, 18개월 후에 첫 아이를 출산할 계획이고…….

다른 대원으로 초점이 이동한다. 그들은 유정을 향해 언덕을 힘겹게 오르고 있다. 리더인 크래기 교수는 가던 길을 멈추고는 이마를 닦으며 대원을 찬찬히 살펴본다.

"풀 박사는 어디 있는가?" 그가 입을 열었다. "에델 후크는?"

누군가가 손가락을 가리킨다. 롱 쇼트로 두 식물학자의 모습이 대강 잡힌다.

다시 크래기 교수로 장면이 바뀐다. 그는 두 손을 동그랗게 모으고 소리친다. "풀, 풀!"

"그냥 데이트하게 내버려두시죠." 커드워스가 조곤조곤 설득한다.

"데이트라잖소!" 슈니글록 박사가 조롱하듯 코웃음을 친다.

"후크가 박사에게 반한 건 분명한 듯싶군요."

"옛말에 고장난명이라 하지 않던가."

"청혼을 유도해낼지도 모르니, 한번 믿어봄세."

"그럴 바에야, 모친과의 근친상간을 기대하는 편이 나을 것 같은데요." 슈니글록 박사가 힘을 주어 말한다.

"풀!" 크래기 박사가 고함을 지르고는 대원 쪽으로 몸을 돌린다. "뒤처지지 않으면 좋으련만." 그가 핏대를 세우며 투덜거린다. "처음 밟는 땅이라…… 지리를 잘 알지도 못할 텐데 말일세."

박사가 여러 차례 고함을 친다.

풀 박사와 후크 양이 카메라에 잡힌다. 사배체 아르테미시아를 보다가 멀리서 고함소리가 들린 까닭에 고개를 든다. 둘은 손을 흔들고는 다른 대원을 좇아가기 시작한다. 마침 풀 박사의 시선이 뭔가에 꽂히자 탄성이 터진다.

"이럴 수가!" 그가 집게손가락으로 뭔가를 가리킨다.

"그게 뭔데요?"

"에키노캇투스 헥사에드로포루스인데, 내가 본 것 중 가장 아름다운 표본이군."

박사의 시선은 미디엄 롱 쇼트로, 산쑥이 무성한 방갈로 폐허에 머무른다. 이때 정문 근방에 즐비한 포석 사이로 자생하는 선인장이 클로즈업된다. 카메라가 다시 풀 박사를 잡는다. 허리띠에 부착된 가죽 칼집에서 긴 날이 선 흙손을 꺼낸다.

"설마 지금 파내려는 건 아니겠죠?"

그는 선인장이 자라는 곳에 쪼그려 앉는 것으로 답변을 대신한다.

"크래기 교수님이 폭발할 거라고요." 후크가 재촉한다.

"그럼 먼저 가서 마음을 진정시키게."

그녀가 잠시 걱정스런 표정으로 그를 응시한다.

"혼자 두고 가긴 싫어요, 알프레드 박사님."

"내가 한두 살 먹은 어린애처럼 말하는군." 그도 속이 끓었다. "먼저 가시게."

그는 후크의 청을 물리치고는 표본을 파낸다.

즉각 떠나지 못하는 후크 양, 잠잠히 그를 바라본다.

내레이션

비극은 동정심을 유도하는 광대극이고, 광대극은 외인에게 벌어지는 비극이다. 트위드를 즐겨 입고, 쾌활하고, 신중하고, 능률적이라는, 낙천적인 풍자의 대상은 〈인터밋 저널〉의 주제이기도 하다. 그녀가 본 노을은 형언해봤자 헛일이다! 촉감이 매끄럽고 관능적인 여름철 야경은 또 어떠한가! 서정적인 봄날은 또 어떤가! 오, 쏟아지는 감흥과 유혹과 희망, 쿵쾅거리는 심장박동, 굴욕적인 실망도 그러하다! 이제 신은 몇 해를 지내며, 수많은 위원회에 참여하고, 수많은 강연을 벌이고, 틀린 문제를 바로 잡고 난 후 신비한 섭리로 그녀를 창조하자, 그녀는 불행하고도 무기력한 사내에 대해 책임의식을 느낀다. 그가 불행하고 무력한 까닭에 사랑하게 된 것이다. 물론 낭만적인 사랑은 아니다. 15년 전, 곱슬머리 개구쟁이에 마음이 빼앗겼지만 부유한 도급업자의 딸과 혼인하지 않았던가. 그래도 아직은 든든하고 강직하다.

"알았어요. 먼저 갈게요. 하지만 금방 오겠다고 약속해요."

"알았소, 곧 가리다."

후크는 몸을 돌려 대원 쪽으로 걸음을 옮긴다. 풀 박사는 멀어지는 그녀를 보며 혼자 있게 되어 다행이라는 마음으로 안도의 한숨을 내쉰다. 그러고는 다시 땅을 파기 시작한다.

내레이션

"절대 안 할 거야! 어머니가 뭐라시든 그럴 수는 없어!" 그가 혼잣말을 반복한다. 후크 양을 식물학자로서 존경하고, 조직력이 강한 그녀를 의지하고, 성품이 고매한 점도 충분히 높이 평가할 만하지만 그녀와 한 몸을 이룬다는 발상은 정언명법을[25] 위반하는 것만큼이나

25. 칸트 철학에서 행위의 결과에 구애됨이 없이 행위 그것 자체가 선(善)이기 때문에 무조건 그 수행이 요구되는 도덕적 명령을 가리킨다.

상상도 할 수 없는 일이다.

때마침, 그의 어깨 뒤로 악랄하게 생긴 사내 셋이 등장한다. 검은 턱수염에 몸은 지저분하고 너덜너덜한 누더기를 걸쳤는데 폐가에 있다가 기척 없이 나타난 것이다. 그들은 잠시 자세를 잡더니 무방비인 박사를 덮치고는 입에 재갈을 물린 뒤, 손을 뒤로 하여 밧줄로 묶고 도랑에 빠뜨려 질질 끌고 간다. 결국 박사는 외마디 비명도 지르지 못한 채 일행의 시야에서 점점 멀어진다.

남부 캘리포니아에서 약 80킬로미터 위의 성층권까지 디졸브 기법으로 파노라마식 영상을 연출한다. 카메라가 급강하할 때 해설자의 육성이 들린다.

내레이션

바다와 그 위에 뜬 구름, 회청 금빛을 띤 산

쪽빛이 섞인 어둠이 서린 계곡

황토빛 평원의 가뭄

조약돌과 흰 모레가 쌓인 강

그 가운데 자리 잡은 남부 캘리포니아 도시

50만 가구, 5천 마일을 뻗은 도로, 15만 대의 차량

애크런보다 더 많은 고무제품

소련보다 더 많은 셀룰로이드

뉴로셀보다 더 많은 나일론
버팔로보다 더 많은 브래지어
덴버보다 더 많은 방향제
세상에서 가장 많은 오렌지
그것도 모자라 심성도 몸집도 괜찮은 아가씨까지 있으니—
서방세계의 일류 메트롤로피스가 아니겠는가

이제는 약 8킬로미터 상공이다. 일류 메트롤로피스는 유령도시가 되어있고, 세계적인 규모를 자랑하던 오아시스는 황무지의 폐허가 되었다는 사실이 점차 분명해진다. 거리에서 움직이는 것이라고는 아무것도 없다. 모래언덕은 콘크리트 도로에 널려있고, 야자수와 후추나무가 있던 거리는 흔적조차 남기질 않았다.

카메라는 네모반듯하고 널찍한 묘지로 이동한다. 묘지는 할리우드의 철근 콘크리트 타워와 윌쉬어 블러바드 타워 사이에 자리를 잡았다. 카메라 팀은 지면으로 이동하여 아치형 입구를 지나 영안실 망루를 트러킹 쇼트로[26] 찍는다. 조그마한 피라미드와 고딕풍의 초막. 흐느끼는 세라프 천사 위에 얹힌 대리석 석관도 눈에 띈다. 헤다 바디의 조각상은 실물보다 좀 더 크다. "정다운 별명은 국민여친 1호

26. 카메라 이동차에서 찍은 장면

로…… 그대는 큰 꿈을 품으라[27].” 받침돌에 새겨진 글귀다. 차량을 타고 계속 이동하다가 황량한 이곳에서 급작스레 등장한 사람들이 카메라에 담긴다. 사내는 모두 넷이다. 턱수염이 덥수룩하고 행색도 좀 지저분하다. 젊은 여성은 둘인데, 이들은 모두 너덜해진 셔츠와 바지를 입은 채 개방된 묘지 안팎에서 삽질을 하느라 분주하다. 거친 옷 위로 두른, 주홍 면으로 짠 조그만 앞가리개에는 “NO아니오/안되오”가 수놓아져 있다. 앞가리개와 아울러 아가씨들은 양 가슴에 둥근 패치를 달았다. 바지의 엉덩이 쪽에는 더 큰 패치가 달려 있다. 그래서 우리 쪽으로 다가오자 부정어(NO) 셋이 카메라를 보고 반갑게 인사하다가 그에서 물러날 땐 둘이 더 보인다.

한 남성이 인근 영묘 지붕에 앉아 노동자를 감독한다. 40대 중반으로, 훤칠한 키에 힘깨나 쓸 것처럼 몸이 건장하고 검은 눈동자와 매부리코가 마치 알제리에 출몰하는 해적을 보는 듯하다. 검은색에 곱슬곱슬한 턱수염 탓에 촉촉하고 빨간 입술이 더 도드라져 보인다. 그는 20세기 중반에 유행하던 정장을 걸쳤는데 몸에 좀 작은 데다 옅은 잿빛인지라 그리 어울리진 않았다. 첫 등장부터 손톱을 깎는 데 여념이 없다.

27. 원문은 “Hitch your wagon to a Star.” 랄프 W. 에머슨의 격언으로 이를 직역하면 “마차를 얻어 타고 별까지 가라”는 뜻

카메라가 무덤 파는 인부에게로 이동한다. 앳되고 잘생긴 인부 중 하나가 삽질을 하다말고 지붕에 있던 감독관을 슬쩍 올려본다. 손톱을 만지작거리느라 바쁜 그를 보다가 고개를 돌려 포동포동한 아가씨를 탐욕스런 눈으로 쳐다본다. 그녀는 사내 옆에서 삽 위로 허리를 굽히고 있다. '부정어'를 수놓은 패치가 클로즈업된다. 'NO'와 'NO'가 점차 확대되자 그의 눈도 이글거린다. 머릿속에서는 이미 닿은 듯 무언가를 만지작거리는 손을 내밀다가 잠시 주저한다. 그러다 도로 빼낸다. 젊은 사내는 입술을 뜯으며 몸을 돌이켜 더욱더 열정적으로 삽질에 전념한다.

마침 삽에 단단한 것이 부딪치자, 희열에 찬 인부들이 힘을 다해 파헤친다. 이윽고 잘 짜인 적갈색 관이 지면으로 올라온다.

"어서 열어봐."

"여부가 있겠습니까."

나무를 뜯고 갈라내는 소리가 들린다.

"남자야, 여자야?"

"남잔데요."

"잘 됐군! 꺼내봐."

어기어차하며 관을 기울이자 시체가 모래위로 굴러 나온다. 나이가 가장 많은 인부가 시신 옆에 무릎을 꿇고는 조심조심 시계와 보석을 빼낸다.

내레이션

건조한 기후와 방부처리 기술 덕에 골든룰 양조회사 사장의 시신은 마치 어제 매장된 것 같다. 장의사가 유해 공개를 위해 연지를 바른 볼에는 아직도 분홍빛이 감돈다. 바느질로 영영 지울 수 없게 만든 미소, 살짝 올라간 입꼬리는 크럼핏처럼[28] 둥근 얼굴에, 볼트라피오가 그린 마돈나의 묘한 표정을 연출한다.

몸을 굽힌 인부의 어깨로 불현듯 "철썩"하는 채찍소리가 난다. 카메라를 뒤로 빼자 채찍을 손에 쥔 채 복수의 화신처럼 당장이라도 내리칠 것 같은 총재가 잡힌다.

"반지 내놔."

"무슨 반지요?" 그가 말을 더듬거린다.

총재는 답변으로 채찍을 두서 대 더 내리쳤다.

"제발, 그만 때리세요! 아! 돌려드릴 테니 그만해요!"

손버릇이 좋지 않은 그는 두 손가락을 입에 넣어 잠깐 더듬거리다가 근사한 다이아몬드 반지를 꺼낸다. 반지는 제2차 세계대전 당시 사업이 잘될 때 양조회사 사장이 구입한 것이다.

"저쪽 한 곳에 둬라." 총재는 시종일관 냉혹한 표정을 짓는다. 부

28. 작은 구멍이 송송 뚫린 동글납작한 빵

하가 순순히 따르자

“오늘 저녁에는 스물다섯 대야.”

사내는 울며불며 용서를 구한다. 이번 한번만 봐달란다.

내일은 벨리알의 날이기도 하고……. 몸도 쇠약해진 데다, 평생을 충직하게 일해 부감독에까지 올라왔으니…….

총재가 말을 자른다.

“그게 민주주의다. 우리는 모두 법 앞에서 평등하고, 법은 모든 것이 프롤레타리아의 소유라고 규정한다. 즉, 모든 재화는 국가에 귀속된다는 말이다. 그런데 국가의 재산을 가로채면 어떤 처벌을 받지?”

사내는 아연실색한 낯으로 고개를 들어 총재를 보고 있다.

“무슨 처벌을 받느냐고 묻잖아?” 총재가 채찍을 들며 고함을 지른다.

“채찍 스물다섯 댑니다요.” 들릴까 말까한 소리로 그가 대꾸한다.

“그래, 이제 더는 불만 없겠지? 그건 그렇고, 옷가지는 어떤가?”

둘 중 나이가 어리고 호리호리한 아가씨가 몸을 굽혀 시신이 걸친 검은 재킷에 손가락을 대본다. 단추는 두 줄로 박혀있다.

“좋네요. 얼룩도 전혀 없어요. 애지중지했던 모양인데요.”

“내가 입어봄세.”

그들은 안간힘을 쓰며 사체의 바지와 코트 및 셔츠는 벗기고, 시신은 무덤에 도로 떨어뜨리고 난 후 원피스 속옷 위로 흙을 덮는다.

한편, 총재는 옷을 잡아 킁킁 냄새를 맡고는 진주색 겉옷을 벗고, 치수를 좀 적게 잡은 재킷에 두 팔을 넣는다. 한때는 웨스턴셰익스피어픽처스의 생산관리 책임자가 입던 것인데 맥주와 골든룰에 걸맞은 의상이다.

내레이션

그 사람 입장이 되어보라. 그래도 모르겠지만, 얼레빗질 기계, 즉 첫 소면기는 브레스트, 즉 작은 물레 하나와 그보다 큰 것 둘로 이루어져있고 이를 돌리려면 인부들과 스트리퍼 및 직공 등이 구색을 갖추어야 한다. 방적기나 직조기가 없거나, 이를 돌릴 전기모터가 없거나, 발전기나 터빈이 없거나, 혹은 증기를 일으킬 석탄이 없거나, 강철을 제조하는 용광로가 없다면—그렇다면, 몸에 걸칠만한 옷가지를 구하기 위해서는 한때 방직기의 덕을 본 자들의 무덤을 전전할 수밖에 없을 것이다. 그런데 혹시라도 방사능이 잔존해있다면 뭔가 건질 수 있을 법한 묘지도 남아있진 않으리라. 기술발전의 종말에서 살아남은 잔류인은 황무지에서 3세대가 지나기까지 불안한 나날을 보내왔지만, 다행히 최근 30년간은 매장된 현대식 편의시설을 안전하게 즐길 수 있었다.

총재를 근접 촬영한다. 팔은 짧고 배는 그보다 훨씬 큰 자의 재킷을 빌려 입은 꼬락서니가 우스꽝스럽다. 발자국 소리가 가까워져 고개를 돌린다.

총재의 시선을 롱쇼트로 잡는다. 손이 결박된 풀 박사가 시야에 들어온다. 모래를 질질 끌며 무기력한 모습으로 등장할 때 그를 덮친 셋도 뒤에서 함께 들어온다. 실족하거나 굼뜨다싶으면 아주 뾰족한 유카 잎으로 엉덩이를 찌르고는 인상을 찌푸릴 때마다 배꼽을 잡고 웃어댄다.

총재는 다가오는 그들을 조용히 주시한다.

"벨리알의 이름으로……, 무슨 일이냐?" 그가 마침내 입을 연다.

이때 일행은 영묘 입구에서 걸음을 멈춘다. 풀 박사를 끌고 온 셋이 총재에 절하고 자초지종을 이야기한다. 얼마 전, 그들은 레돈도 비치 인근 해상에서 낚시를 하던 중 거대한 배가 홀연히 안개를 가르고 오는 것을 목격한다. 당시 그들은 시선을 피하기 위해 즉각 숨었고 하선하는 불청객 열 셋은 잔해가 산적한 폐가에서 확인한다. 그때 풀 박사는 한 여인과 더불어 은신처의 입구에까지 배회한다. 여인이 자리를 뜰 때 박사는 조그마한 삽으로 흙을 파헤치고 있었고, 그들은 이 틈에 그를 덮쳐 입에 재갈을 물리고 밧줄로 결박하고는 여기까지 끌고 온 것이다.

총재의 질문에 기나긴 적막이 깨진다.

"영어 할 줄 아오?"

"그렇소, 모국어가 영어요." 풀 박사가 더듬거린다.

"좋소. 밧줄을 풀고 일으켜 세워라."

그들은 박사를 일으키지만 예의를 갖추진 않는다. 풀은 총재의 발아래에 엎드린다.

"사제요?"

"사제라니요?" 풀 박사는 두려운 마음에 되묻고는 고개를 흔든다.

"그런데 왜 턱수염이 없소?"

"면도를…… 했으니까요."

"아, 그렇다면 아니겠군……." 총재는 박사의 턱에서 뺨으로 손가락을 긋는다.

"그래, 그래. 일어나시오."

풀 박사가 그에 응한다.

"고향이 어디요?"

"뉴질랜드입니다."

풀 박사는 힘겹게 침을 삼킨다. 입안이 바짝 마르는 게 싫어서다. 공포감에 목소리가 좀 떨린다.

"뉴질랜드라고? 아주 먼 곳인가 보오?"

"아주 멀죠."

"큰 배를 타고 왔다고요? 돛을 달고 왔소?"

풀 박사는 고개를 끄덕인다. 그런데 왠지 강의실에서나 하던 꼴이다. 그는 사람과의 접촉에 어려움을 느끼면 으레 그래왔다. 아울러 태평양을 건널 때 증기선을 타지 못한 사연도 밝힌다.

“연료를 주유할 곳이 없을 듯해섭니다. 증기선은 연안을 따라 운행하니 선박회사라면 어렵지 않게 증기선을 활용할 수 있겠지요.”

“증기선이라고 했소?” 총재가 되묻는다. 얼굴에 호기심이 가득하다. “아직도 증기선이 있소? 그렇다면 그건 벌어지지 않았다는 말이겠군요?”

폴 박사는 어안이 벙벙해진다.

“무슨 말씀이신지 모르겠군요. 그것이라뇨?”

“그것 말이요. 그분께서 장악하신 바로 그…….”

그는 집게손가락을 펴 뿔 모양을 한 두 손을 이마에 댄다. 그러자 부하들도 삼가 따라한다.

“악마를 말하는 거요?” 박사가 석연찮은 표정으로 묻는다.

부하가 고개를 까딱한다.

“그게 아니라, 제 말씀은 그러니까…….”

내레이션

이 친구는 착실한 회중교회 신자이나, 아쉽게도 진보에 가깝다. 즉, 세상의 왕세자께 자신의 존재에 대한 정당한 의무를 바치지 않았다는 이야기다. 잔인하게 말하자면, 박사는 그분을 믿지 않았다는 것이다.

“그렇소, 그분이 만물을 장악하시고, 전쟁을 이겨 인류를 손에 넣으신 거요. 인류가 세상을 이 지경으로 만들었을 때 말이오.”

그는 과도한 제스처로 황량한 분위기를 시사한다. 한때 로스앤젤레스가 그랬단다. 풀 박사는 뭔가 알아들었다는 눈치다.

“오, 이제 알겠소. 3차 대전을 말하는 거군요. 아니요, 다행히 우린 아무런 피해 없이 떠났죠. 지리적인 특수성 때문이랄까요.” 박사가 교수답게 말을 잇는다. “뉴질랜드는 전술적인 요충지가 되지 못하는 터라…….”

총재가 ‘똑’소리 나는 강연을 끊는다.

“그럼 기차는 있소?”

“예, 있습죠.” 풀 박사는 다소 짜증을 낸다. “하지만, 제 말씀은…….”

“엔진은 가동되오?”

“물론 가동되죠. 하지만 제 말은…….”

“야후!” 총재는 흥분한 표정으로 박사의 어깨를 두드린다.

“그럼 만사가 제자리를 찾는 데 도와줄 수 있겠소? 그리운 옛 모습으로 말이오…….” 그가 다시금 손으로 뿔 모양을 만든다. “기차가 있다는 군, 진짜 기차 말이야.” 상상만 해도 마냥 좋은 그는 풀 박사의 목에 한 팔을 감고 양 볼에 입을 맞춘다.

박사는 혐오감에 몸을 움츠리며(거의 씻질 않아 입 냄새가 고약했기 때문이다) 총재의 팔을 물리친다.

"하지만 전 엔지니어가 아니라 식물학자입니다."

"그게 뭐요?"

"식물을 연구하는 사람이죠."

"군수공장 말이오?"[29] 총재가 기대하는 낯으로 묻는다.

"아니오, 그냥 식물이오. 잎사귀와 줄기와 꽃으로 된 것 말입니다." 박사가 급히 말을 잇는다. "물론 그렇다고 민꽃식물이[30] 없다는 건 아닙니다. 사실 민꽃식물은 제가 아끼는 식물이거든요. 아실런지 모르겠지만, 뉴질랜드는 민꽃식물이 많습니다……."

"그럼 엔진은 어떻게 된다는 거요?"

"무슨 엔진 말입니까?" 풀 박사가 거만스레 되묻는다.

"전 증기터빈과 디젤터빈의 차이도 모른다니까요."

"그럼 열차를 다시 가동시키는 데는 아무 짝에도 쓸모가 없다는 거요?"

"네. 그렇죠."

---

29. 작가의 언어유희로, 원문의 plant에는 '식물' 외에 '공장'이란 뜻도 있다.

30. 꽃이 피지 않는 식물

총재는 입을 다문 채 오른쪽 다리를 올려 박사의 명치를 가격하고는 무릎을 반듯이 편다.

이때 쓰러진 모래더미에서 잔뜩 겁을 집어먹은 박사가 클로즈업된다. 타박상을 입었지만 뼈는 부러지지 않았다. 쇼트 너머로 부하들에게 고함치는 총재의 음성이 들린다.

명령을 듣고 달려가는 무덤 파는 인부와 낚시꾼은 미디엄 쇼트로 잡는다.

총재가 풀 박사를 가리킨다.

"묻어 버려."

"산 채로 묻을 깝쇼?" 둘 중 포동포동한 아가씨가 풍성한 저음으로 묻는다.

총재가 눈을 내려 그녀를 본다. 카메라는 그의 시점에서 촬영한다. 그는 물음을 애써 외면한다. 수장의 입술이 움직인다. 소요리문답 중 관련 구절을 되풀이하는 것이다. "여성은 본디 어떤 존재인가? 여성은 부정한 영혼을 담는 그릇으로, 기형의 근원이고 인류의 원수며……."

"산 채로 묻을 깝쇼, 죽이고 묻을 깝쇼?" 아가씨가 재차 묻는다.

총재는 어깨를 으쓱인다.

"네 마음대로 하렴." 그가 짐짓 무관심한 척하며 대꾸한다.

그녀가 손뼉을 친다.

"좋아, 월척이 걸렸군!" 탄성을 지르며 일행 쪽으로 몸을 돌린다. "이봐요, 같이 재미 좀 보자고요!"

박사 주위에 몰려든 일행은 비명을 지르는 그를 들어 올리고는, 골든룰 양조회사 사장의 무덤에 발이 바닥에 닿도록 떨어뜨린다. 무덤에는 흙이 반쯤 차있다. 통통한 아가씨가 풀 박사를 내리누르자 사내들은 메마른 흙을 삽으로 퍼 넣는다. 흙은 금세 허리에까지 찬다.

사형수의 비명과 집행인의 폭소가 차츰 줄어들다가 아주 잠잠해지자, 해설자의 육성이 적막을 깬다.

내레이션

잔인성과 동정심은 염색체에 녹아있다.

모든 인류는 자비스럽지만, 살인마이기도 하다

개를 애지중지하면서도 다하우를[31] 건설하고

온 도시를 포격하면서도 고아를 사랑하고

린치에 항거하면서도 오크리지는[32] 찬성하고

훗날엔 박애정신이 가득하겠지만 지금은 엔카바데[33]의 편에 선다

---

31. 독일 뮌헨 부근에 있는 도시로 나치의 강제 포로수용소가 있던 곳

32. 미국 테네시 주 동부의 도시로 원자력 연구의 중심지

33. KGB의 전신

누구는 처형하고, 누구에게는 동정을 느끼는가?
이게 다 즉흥적인 관행이나
펄프에 적힌 글귀나, 라디오에서 떠드는 소리나
공산화된 유치원이나 첫 영성체가 결정하는 것이다
자신의 본질을 아는 자만이
숱한 원숭이가 되진 않았다

살려 달라는 호소와 조소가 다시 들린다(사운드 트랙). 때마침 총재가 입을 연다.

"물러서라." 그가 언성을 높인다. "당최 뵈질 않는 구나."

그들이 뒷걸음질 친다. 총재는 눈을 깔고 잠잠히 풀 박사를 본다.

"식물은 훤히 꿴다고 했소? 그럼 거기에 나무뿌리를 좀 심어두지 그러오?"

농담에 모두 배꼽이 빠져라 웃는다.

"화사한 분홍 꽃 좀 보여주시게."

식물학자의 고통스런 낯이 클로즈업된다.

"제발 목숨만은……."

목소리가 끊긴다. 그 꼴이 우스꽝스러웠던지 주변은 또 한바탕 웃음바다가 된다.

"쓸모가 아주 없진 않을 겁니다. 더 좋은 작물을 재배하는 법을 아니까요. 수확량이 더 많죠."

"수확량이 더 많다고?" 귀가 솔깃해진 총재가 재차 묻는다. 그러고는 인상을 찌푸린다. "이런 거짓말쟁이 같으니라고!"

"아닙니다. 전능하신 하느님의 이름을 걸고 맹세하오."

충격을 받은 무리가 불만으로 술렁인다.

"뉴질랜드에서는 전능할지 몰라도 여기서는 아니다. 그 일이 벌어진 이후로는 아니란 말이다!"

"제가 도와드릴 수 있습니다."

"벨리알의 이름으로 맹세할 각오는 되어있나?"

풀 박사의 부친은 성직자였고, 그 또한 교회를 매주 출석하는 사람이다. 하지만 박사는 주문대로 열성을 다해 맹세키로 한다.

"벨리알의 이름으로, 전능하신 벨리알의 이름으로 맹세하오."

모두 뿔처럼 손가락을 세워 이마에 댄다. 오랜 정적이 흐른다.

"꺼내줘라."

"오, 총재님, 어찌 그럴 수가 있소!" 포동포동한 아가씨가 말린다.

"부정한 그릇이여, 끄집어내래도!"

문득 수긍했는지, 열성을 다해 흙을 파낸다. 박사가 무덤을 나오는데는 1분도 채 걸리지 않았다. 영묘 입구에서 그는 약간 비틀거리며 서있다.

"고맙소." 풀이 어렵사리 운을 뗀다. 그러자 무릎에 힘을 풀려 곧 주저앉고 만다.

재차 경박한 웃음소리가 들린다.

총재는 기다란 대리석 의자에 기대어 있다.

"이봐, 거기, 빨강머리! 그릇." 그가 처녀에게 술병을 건넨다.

"이걸로 목을 좀 축이도록 하라. 걸을 수 있어야 본부로 돌아갈 테니까."

그녀는 풀 박사 옆에 앉아 축 늘어진 몸을 일으켜 세운 뒤, 부정어를 수놓은 가슴으로 실긋실긋하는 머리를 받친다. 그러고는 '원기 보충제'를 먹인다.

거리를 디졸브로 연결한다. 텁수염이 덥수룩한 사내 넷이 총재를 들것에 태워 이동한다. 뒤따르던 다른 이들은 퇴적된 토사를 지나간다. 폐허가 된 주유소의 현관 밑과 사무실 건물에 딸린 널찍한 출입구 등, 여기저기에 유골이 쌓여있다.

풀 박사를 미디엄 쇼트로[34] 촬영한다. 오른손에 병을 든 채 다소 비칠비칠하며 격앙된 감정으로 〈애니 로리〉를 흥얼댄다. 공복에—양심적으로 음주를 거부해온 모친의 아들이 아무것도 먹지 못했다—술이 들어간 것이다. 적포도주가 독한 까닭에 금방 취기가 돌았다.

---

34. 롱 쇼트와 클로즈업 쇼트의 중간 정도로, 무릎이나 허리 위를 화면에 담는 것

"사랑하는 애니 로리
내 맘 속에 살겠네……."

마지막 소절 중간에 무덤을 파는 두 아가씨가 쇼트에 들어온다. 뒤에서 다가오던 통통한 여자가 장난스럽게 박사의 등을 친다. 풀은 멈칫 고개를 돌리고는 두려움에 안색이 변한다. 하지만 그녀의 미소에 마음이 놓인다.

"플로시라고 해요. 모쪼록 신경 건드리는 일은 없었으면 좋겠네요. 제가 선생을 묻어버릴지도 모르거든요."

"아뇨, 아닙니다. 그럴 리가 있나요." 박사는 마치 젊은 아가씨가 담배를 태워도 불쾌하지 않은 사람 투로 대꾸한다.

"당신이 못마땅해서 그런 건 아닙니다."

"물론 그렇겠지요."

"그냥 웃고 싶어서 그랬을 뿐이에요."

"저도 수긍합니다."

"묻히는 꼬락서니를 보면 아주 재미가 있거든요."

"정말 웃기겠네요." 동감하는 박사, 난처하지만 피식 웃는다.

담력이 더 필요할 듯싶어 용기를 내어 술을 벌컥벌컥 마신다.

"차차 알게 되겠지만, 총재한테 재킷 소매를 더 늘려야 한다고 일러둘 참이에요."

그녀는 다시금 폴의 등을 치고는 급히 사라진다.

이제 그녀의 일행과 단둘이 남았다. 슬쩍 그녀를 훑어본다. 나이는 열여덟에, 머리는 빨갛고 보조개가 패여 있다. 얼굴은 아리땁고 몸은 호리호리한 편이다.

"저는 룰라에요." 묻지도 않았는데 그녀가 대뜸 이름을 밝힌다.

"이름이 뭐에요?"

"알프레드요. 어머니가 『인 메모리엄』을[35] 가장 좋아하셨거든요." 모친이 이름을 지은 경위를 풀이하려고 덧붙인다.

"알프레드, 앞으로는 알피라고 부를게요. 알피, 저는 공개 매장이 정말 싫어요. 왜 저만 싫어하는지는 잘 모르겠지만, 매장이 그리 우습지는 않더라고요. 무슨 재미로 그걸 보는지 저는 잘 모르겠어요."

"듣던 중 반가운 소리군요."

"알피……." 그녀가 잠시 멈칫하다가 말을 잇는다.

"당신은 정말 운이 좋은 거예요."

"운이 좋았다고요?"

룰라가 고개를 끄덕인다.

"우선 무덤에서 나왔잖아요. 생매장 당하려다 살아남은 사람은 처

35. 테니슨이 일찍 세상을 떠난 친구 아더 헨리 홀람(1811-33)을 기려서 쓴 애도의 시(1850), 테니슨의 이름이 '알프레드'다.

음 봤어요. 게다가 곧장 정화식에 참여할 거라는 점도 그렇고요."

"정화식이요?"

"예, 내일이 벨리알 절기잖아요. '벨리알의 날' 말이에요." 그녀는 이해하지 못하겠다는 눈으로 상대를 보는 박사에게 힘주어 말한다.

"설마 전야제 때 뭘 하는지도 모르는 건 아니겠죠?"

풀 박사가 고개를 젓는다.

"그럼 고향에서 정화는 언제 하죠?"

"음, 우린 매일 씻는데요." 룰라는 거의 씻지 않을 거라는 생각에서 한 말이다.

"아니요, 그것 말고요." 그녀는 답답키만 하다. "인류의 정화 말이에요."

"인류라고요?"

"나 원, 사제가 기형아를 그냥 내버려두나 보죠?"

침묵이 흐른다. 이번에는 풀 박사가 반문한다.

"여기에선 기형아가 많이 태어나나요?"

룰라가 그렇다고 끄덕인다.

"그 일 후로요, 그러니까, 그분이 세상을 지배하신 후로요."

그러고는 손으로 뿔 모양을 만든다. "그 전에는 기형아가 일절 없었다고 하더군요."

"감마선의 여파라고 말하진 않던가요?"

"감마선이요? 그게 뭔데요?"

"기형아 출산의 원흉이죠."

"벨리알 때문이 아니라는 말씀은 아니겠죠?" 의구심에 열이 오른 어조로 들린다. 마치 성 도미니크가 알비파 이교도를 보듯, 룰라가 박사를 흘겨본다.

"아니요, 당연히 아니죠." 박사가 서둘러 해명한다.

"그분이 근원인 건 두 말하면 잔소리죠." 그도 손으로 어색하게나마 뿔을 만들어 보인다. "부차적인 원인의 본질을 말씀드린 겁니다. 알다시피, 당신께서 섭리를…… 이루기 위해 이용한 수단 말입니다."

변명과 경건한 제스처로 룰라의 의심이 가라앉는다. 그녀는 차차 안색이 밝아지면서 어여쁘게 웃는다. 보조개가 움직인다. 마치 귀염둥이 생명체 한 쌍이 비밀을 간직한 채 룰라의 만면에 각각 따로 존재하는 듯싶었다. 풀 박사는 웃음을 되찾아주었지만 즉각 눈길을 돌린다. 수줍음에 귀가 상기된 채…….

내레이션

모친을 대단히 존경하는 이 가련한 친구는 서른여덟이지만 여태 혼자다. 너무 경건해서 혼인을 하지 못하는 처지라지만 왠지 그럴 성싶지는 않다. 인생의 절반을 암암리에 욕정으로 허비한 바 있기 때문이다. 고매한 숙녀에게 잠자리를 같이하자는 제안이 불경한 짓인 줄 잘 아는 까닭에 박사는 학술적인 존경이라는 미명하에 욕정이 서린 은밀한 세상에 둥지를 틀었다. 여기서는 성적인 환상이 괴로운 회개와 사춘기의 정욕을 낳는 탓에 모친의 계율과 갈등을 일으키게 된다. 룰라를 보라. 룰라는 가방끈이 길다거나 가문이 든든하다는 허세는 조금도 부리지 않는다. 룰라에게서 풍기는 향긋한 체취에는, 다시 생각해보면, 매력을 끄는 원인으로 볼 수도 있겠다. 그러니 얼굴이 상기된 채(계속 시선을 교환하고 싶어도 본의 아니게) 눈길을 피한들 무엇이 이상하랴.

기분과 담력을 띄울 요량으로 그가 재차 술병에 입을 댄다. 마침 대로는 두 사구 사이의 오솔길로 좁아진다.

"먼저 가시오." 풀이 정중히 고개를 숙인다.

박사의 배려에 룰라가 씩 웃는다. 사내가 주도권을 쥐고, 부정한 영혼을 담는 그릇은 그저 복종할 수밖에 없는 곳인지라 선뜻 적응이 되진 않았다.

풀 박사의 시점에서 트러킹 쇼트로 룰라의 뒷모습이 잡힌다. NO NO, NO NO, NO NO, 한 발짝 내디딜 때마다 물결이 일렁이듯 흔들린다. 눈을 크게 뜬 박사를 가까이에서 포착한다. 풀의 얼굴에서 다시 룰라의 뒤태가 잡힌다.

내레이션

박사의 내면에서 엠블럼의 외형이 손에 잡힐 듯 생생히 보인다. 성욕과 대립되는 원칙과 어머니 그리고 일곱째 계명[36]이 상상과 피할 수 없는 현실에서 중첩된다.

사구가 가라앉는다. 둘만 나란히 거닐 수 있을 만큼 도로가 다시 좁아진다. 풀 박사가 여인의 얼굴을 슬쩍 보니 수심이 가득한 표정이다.

"표정이 왜 그렇죠?" 그가 걱정하는 투로 묻는다. "룰라." 그러고는 용기를 내어 팔을 잡는다.

"생각만 해도 치가 떨리네요." 조용한 목소리에서 절망감이 묻어난다.

"뭐가 말이오?"

"전부 다요. 당신은 다 잊고 싶겠지만 떨쳐버릴 재간이 없으니 불행한 거죠. 아니, 미치기 일보 직전일지도 모르겠군요. 누군가를 생각하면 더더욱 보고 싶어지거든요. 그럼 안 되는 거 아시죠? 혹시라도 그걸 눈치 챈 저들이 무슨 만행을 저지를지 알게 된다면 아마 까무러칠 거예요. 물론 5분만 고생하면 자유의 몸이 되는데 뭔들 못하

---

36. 간음하지 말라.

겠냐 싶겠지만, 실은 그렇지가 않아요. 정작 그때는 주먹을 꽉 쥐고 이를 악물고 참아야 할 걸요. 사지가 갈가리 찢기는 듯한 고통을 느낄 테니까요. 통증이 가시고 난 순간에는……." 룰라가 말을 끊는다.

"그러면 어떻게 되는데요?"

예리한 눈으로 풀 박사를 바라보니 정말 이해할 수 없다는 표정이 역력하다.

"무슨 말을 해도 이해하기가 어려울 거예요." 그녀가 해명을 포기한다. "그런데 총재에게 한 말이 사실인가요? 사제가 아니라는 말이요."

갑자기 룰라의 볼이 붉어진다.

"믿지 못하겠다면 입증해 보이리다." 박사가 술김에 장담한다.

그녀는 잠시 풀을 바라보다가 고개를 가로젓더니, 문득 섬뜩한 생각에 시선을 돌린다. 긴장한 듯 앞가리개의 매무새를 만진다.

"그런데 말입니다," 수줍음을 탈 줄도 안다는 생각에 박사가 용기를 내어 덧붙인다. "도대체 무슨 일이 벌어진다는 겁니까?"

주변을 두리번거리며 듣는 사람이 없다는 것을 확인한 룰라가 귀띔해준다.

"그분이 모두의 주인이 될 거예요. 수 주간 이를 머릿속에 주입할 텐데 그건 엄연히 율법에 어긋나는 행위죠. 사악한 짓이니까요. 사람의 정신이 혼미해지면 선생을 두들겨 패고 사제처럼 그릇 취급할 겁니다."

"그릇이요?"

그녀가 고개를 끄덕인다.

"부정한 영혼을 담는 그릇이요."

"아, 무슨 소린지 알겠소."

"이때 벨리알의 절기가 시작되죠." 룰라가 말을 끊었다가 잇는다. "그리고…… 여기까지는 이해하시겠죠. 선생에게 아이가 있다고 쳐봐요. 벨리알은 당신이 출산시켰으면서도 그 이유로 선생을 처벌할 거예요."

그녀가 몸을 부들부들 떨며 손으로 뿔 모양을 해 보인다. "그분의 뜻은 무조건 수긍해야 한다는 건 잘 압니다만, 혹여 아이가 생기더라도 무사히 잘 자라주면 더 바랄 것이 없겠네요."

"당연히 그러지 않겠소. 당신에게는 아무런 문제가 없으니 말이오." 풀 박사가 언성을 높인다.

그가 본인의 용기에 감탄할 때 시선은 아래를 향한다. NO, NO, NO, NO, NO, NO…….

룰라는 한탄하며 고개를 절레절레 흔든다.

"실은 그렇지가 않아요. 전 가슴이 넷인 걸요."

"오, 이런." 모친 생각에 술이 확 깬 듯한 말투다.

"그게 큰 문제라는 이야기는 아니에요." 룰라가 이내 말을 잇는다.

"그런 위인도 더러 있으니까요. 법에 저촉되는 건 아니거든요. 가슴이 세 쌍인 것 까지는 봐주죠. 발가락과 손가락은 각각 일곱 개까지는 허용되지만 이를 초과하면 정화식 때 제거 대상이 될 거에요. 제 친구 폴리도 얼마 전에 아이를 낳았지요. 첫 아이였는데, 가슴이 네 쌍인 데다 엄지는 없더군요. 그렇게 태어날 가능성은 아주 희박한데도 말이죠. 그러니 태어나기 전부터 사형선고를 받은 거나 다름없었죠. 친구는 머리를 다 밀었고요."

"삭발을 했다는 말씀인가요?"

"제거될 아이를 둔 엄마는 그들이 다 머리를 밀더라고요."

"왜요?"

룰라는 어깨를 으쓱인다.

"벨리알의 적이라는 것을 일깨워주려나 보죠."

내레이션

슈뢰딩거의 말마따나, "순진한 감이 아주 없진 않지만, 극단적으로 말해, 조모가 방사선과 간호사로 장기간 근무했다면 사촌간의 혼인에서 비롯된 해로운 결과는 당연히 크게 증가할 것이다. 이는 개인이 우려해야 할 이야기는 아니다. 원치 않는 돌연변이로 인류가 골머리를 앓게 될 가능성은 마땅히 사회 전체가 풀어야 할 과제가 되어야 하기 때문이다." 물론 그래야 마땅하겠지만 실상은 그렇지가 않다. 오크리지는 매일 3교대로 돌아가고, 원자력 발전소는 컴벌랜드 해안에 축조되고 있으며, 그뿐 아니라, 카핏자[37]가 아라랏산 정상에서 연구를 얼마나 진행했는지, 도스토예프스키가 운율을 살려 쓰곤 했던 그 위대한 러시아인도 놀란 무언가가 사회민주당원과 자본주의자의 사체와 러시아인의 시신을 위해 마련된 것인지는 알 길이 없다.

다시 사줏길[38]이다. 그들은 사구 사이로 굽이진 오솔길에 들어섰다가 마치 사하라 한 복판에 있는 것처럼 단 둘만 영상에 잡힌다.

풀 박사의 시각에서 트러킹 쇼트로 촬영한다. NO NO, NO NO…… 룰라는 걸음을 멈추고는 그에게로 몸을 돌린다. NO NO NO. 카메라가 그녀의 얼굴까지 올리자 박사는 순간 참담한 표정을 읽는다.

내레이션

일곱째 계명과 인생의 물정도 그렇지만, 제2의 현실 또한 세분화

---

37. 러시아 물리학자(1894-1984)

38. 사주는 해안이나 호수 근처에서 모래와 자갈로 이뤄진 퇴적지형으로 석호가 있는 곳이다.

된 부정이나 단편적인 소욕으로는 대응할 수가 없다. 이는 '인간성의 현실'을 두고 하는 말이다.

"머리는 건드리지 않았으면 좋겠군요." 룰라의 목소리가 갈라진다.

"그러진 않을 겁니다."

"그럴 걸요."

"그러지 않을 거고, 그래서도 안 되죠." 당찬 자신에 놀라며 박사가 말을 잇는다. "이렇게나 머릿결이 고운데……."

룰라가 시무룩한 표정으로 고개를 가로젓는다.

"아기가 태어난다면 손가락이 여덟 개는 넘을 거라는 불길한 예감이 드는 군요. 그들이 아기를 죽이고 제 머리는 다 깎아버리겠죠. 채찍질은 말할 것도 없고요. 벨리알이 그런 짓을 하라고 시킬 게 뻔해요."

"그런 짓이라뇨?"

그녀는 입을 다물고 잠시 박사와 시선을 교환하고는, 다소 두렵다는 표정으로 시선을 떨어뜨린다.

"우리가 참혹한 꼴을 당해야 직성이 풀릴 테니까요."

룰라는 두 손으로 얼굴을 감싸고는 하염없이 눈물을 쏟기 시작한다.

내레이션

체내에 들어온 포도주와, 몸 밖의 체취가 일깨워준다

아주 가깝고, 따스하고, 탐스럽고, 동그란,

입에 들어가는 것을 제외한, 인생의 물정을…… 그리고 지금은 그녀의 눈물, 그녀의 눈물을…….

풀 박사가 품에 안자 룰라는 그의 어깨에 눈물을 쏟아낸다. 풀은 잠깐이나마 평범한 남성이 되어 부드럽게 머리칼을 어루만진다.

"울지 마요, 그만 울어요. 다 잘 될 거에요. 내가 지켜주리다. 놈들이 아무 짓도 못하게 막아주겠소." 박사가 속삭인다.

룰라는 점차 감정을 추스른다. 곡성도 차차 수그러들다가 아주 그친다. 그녀가 고개를 든다. 울고 난 후의 미소는 성욕을 자극하는 것이기에 박사가 아니었다면 당장이라도 정사를 치렀을 것이다. 잠시 후, 풀이 여전히 머뭇거리고 있을 때 룰라의 표정이 달라진다. 그녀는 눈꺼풀을 내리고는 몸을 돌린다. 지금껏 거짓은 전혀 없었다는 점을 맹세한 것이다.

룰라는 중얼거린다. "미안합니다." 그러고는 어린애의 것처럼 지저분한 손등으로 눈물을 훔친다.

박사가 손수건을 꺼내어 눈물을 닦아준다.

"당신은 좋은 사람이에요. 이곳 사내와는 비교도 안 될 만큼요."

그를 보며 다시금 싱긋 웃는다. 아름다운 야생동물 한 쌍이 잠잠히 모습을 드러내듯 보조개가 오목하게 우물져 들어간다.

박사는 충동에 못 이겨 본인의 처신에 놀랄 틈도 없이 두 손으로 그녀의 얼굴을 부여잡고 입술에 키스한다.

룰라는 잠깐 저항하다가 포기하고는 그보다 더 적극적으로 입을 맞춘다.

사운드 트랙은 〈디퓨미슨스를 다오〉에서 바그너가 쓴 〈사랑의 죽음〉으로 바뀐다.

이때 룰라가 돌연 정색하며 몸서리친다. 그를 떠밀고 얼굴을 매몰차게 째려본다. 죄책감이 들었는지 몸을 돌리고는 어깨너머로 주변을 힐끔힐끔 쳐다본다.

"룰라!"

풀이 다시 끌어당겨보지만 그녀는 손을 뿌리치며 좁다란 길을 내달린다.

NO NO, NO NO, NO NO…….

5번가의 모퉁이와 퍼싱 광장을 디졸브로 잇는다. 예부터 이 광장은 도시에서 누리는 문화생활의 중심지였다. 필하모닉 강당 앞에 판 얕은 우물에서 두 여인이 염소가죽에 물을 기른다. 그러고는 다른 아낙네가 가져갈 수 있도록 다시 토기 항아리에 담는다. 녹슨 가로등 둘에 걸린 막대에는 최근 도축된 소의 사체가 매달려있다. 한 사내가 수많은 파리 떼에 아랑곳하지 않고 칼을 들고 내장을 끄집어낸다.

"먹음직스럽군." 총재의 말투가 상냥해졌다.

푸주한이 씩 웃고는 피 묻은 손가락을 치켜세워 보인다.

몇 미터 바깥에는 공동체가 쓰는 오븐이 있다. 총재가 가동을 잠시 중단시키고는 갓 구운 빵을 흔쾌히 받아낸다. 빵을 즐길 무렵, 열에서 열둘 정도 되는 사내아이들이 등장한다. 인근 공공도서관에서 들고 온 과중한 연료를 지고 비틀거리며 이동하는데, 연장자가 욕설과 매로 빠릿빠릿한 노역을 재촉한다. 이때 제빵사 하나가 아궁이를 열어 화염에 책을 집어던진다.

이를 목격한 풀 박사는 학자다운 기질과 책을 아끼는 마음이 발동하여 아연실색한다.

"이런 어처구니없는 짓을 하다니!"

총재는 그저 웃을 따름이다.

"『정신현상학』[39]이 들어가면 옥수수 빵이 나오지. 둘이 먹어 하나가 죽어도 모른다고나 할까."

그가 재차 빵을 베어 문다.

한편, 풀 박사는 몸을 낮춰 12절판으로 된 셸리의 작품을 소멸되기 직전에 낚아챈다.

---

39. 철학자 헤겔이 쓴 작품

"오, 다행……." 마침 현실을 깨달은 그는 가까스로 처신을 삼간다.

책을 조심스레 주머니에 넣은 박사, 총재에게로 몸을 돌린다.

"그러면 문화는 어쩔 참이오? 인류가 고생하며 습득한 지혜의 유산은 어떻게 물려줄 거요? 당대 최고의 작품과……."

"저들이 뭐, 글을 알아야 말이지." 총재가 입에 빵을 가득 담은 채 대꾸한다. "아니, 실은 우리도 '저걸' 읽히려고 글을 가르치고 있소."

그가 손가락을 내민다. 총재의 시각에서 미디엄 쇼트로 촬영한다. 룰라의 보조개에서 나머지 얼굴, 그리고 앞가리개에 빨갛게 물들인 'NO'와 셔츠 정면의 조그만 'NO' 둘도 잡힌다.

"배워야 할 책은 저것뿐이라오." 그러고는 부하에게 명령한다. "그만 가자."

들것을 트러킹 쇼트로 촬영할 때, 그들은 '빌트모어 커피숍'이었던 곳의 입구를 지나간다. 문은 애당초 없었다. 해질 무렵인지라 다소 어두침침한 데다 퀴퀴한 악취까지 풍기는 현장에는 스물이나 서른 명 정도 되는 여성들이 중앙아메리카 원주민의 것과 종류가 같은 낡은 베틀을 부지런히 짜고 있다. 중년과 젊은이뿐 아니라 어린 아이도 섞여있다.

"이번 시즌에는 아이를 밴 그릇이 하나도 없다오." 총재가 풀 박사에게 하소연하고는 인상을 찌푸리며 고개를 절레절레 흔든다.

"불임이 아니라면 돌연변이를 낳을 텐데, 앞으로 인력은 어떻게 벌충해야 할지, 뭐, 벨리알은 아시겠지만 말이오……."

커피숍 안으로 더 들어가자 구개열[40]인 데다 손가락은 열네 개가 달린 연장자의 감독 하에 서너 살배기 아이들이 아치형으로 된 복도에 멈춘다. 여기를 지나면 첫째보다 약간 작은 두 번째 식당이 나온다.

쇼트 밖에서는 소요리문답의 서두를 함께 낭독하는 젊은이들의 육성이 들려온다.

"질문: 인간이 존재하는 주된 목적은 무엇입니까?

정답: 인간의 주된 목적은 벨리알을 달래고, 당신의 원한을 누그러뜨리며 가급적 오랫동안 파멸을 피하는 것입니다."

풀 박사의 얼굴을 확대한다. 놀라움에 공포심이 더해가는 표정을 짓고 있다. 그러고 나면 그의 시각에서 롱 쇼트로 촬영한다. 열둘씩 다섯줄로 선 육십 명의 소년소녀가 한 곳에 집중한 채 카랑카랑한 모노톤으로 될 수 있는 한 속도를 내어 지껄인다. 나이는 대략 열셋에서 열다섯 사이이다. 맞은편에는 연단에 땅딸막한 사내가 흑백 염소가죽으로 된 장의를 걸치고는 딱딱한 가죽 창이 달린 모피 모자를

40. 입천장이 갈라져 말을 제대로 할 수 없는 선천성 기형

쓰고 앉아있다. 모자에는 중간크기의 두 뿔이 붙어있다. 수염이 없는 약간 누런 얼굴은 범벅이 된 땀으로 빛난다. 그는 카속[41]에 달린 모피 소매로 하염없이 땀을 닦고 있다.

총재가 카메라에 잡히자 몸을 숙여 풀 박사의 어깨에 손을 댄다.

"저자가 바로 사탄의 직속 수석 과학자인데, '악의성 동물자기'에 대해서는 타의 추종을 불허하는 귀재지요." 그가 귀띔해준다.

장면 너머로 아이들이 생각 없이 재잘대는 소리가 들려온다.

"질문: 인류에 예정된 운명은 무엇입니까?

정답: 벨리알께서는 당신의 기쁘신 뜻으로 영원 전부터 영원한 형벌에 이르기까지 산 자를 모두 선택하셨습니다."

"뿔은 왜 달고 있소?" 풀 박사가 묻는다.

"대수도원장이라 그렇소. 조만간 세 번째 뿔도 달게 될 거요."

연단을 미디엄 쇼트로 잡는다.

"훌륭해, 좋아!" 사탄의 수석 과학자의 음성은 피리의 고음처럼 들린다. 마치 잘난 척하고 건방을 떠는 사내아이의 목소리와도 같다.

"아주 좋아!" 그러면서 이마의 땀을 닦아낸다. "그럼 너희가 영원한 벌을 받을 수밖에 없는 이유는 뭐지?"

잠시 침묵이 흐른다. 처음에는 고르지 않았지만 곧 하나가 된 목

41. 성직자의 신분을 표시하는 의복으로, 제의 밑에 받쳐 입거나 평상시에 입는다.

소리로 함성이 되어 울린다. 아이들이 대답한다.

"벨리알이 인간을 뼛속까지 타락시켰습니다. 우리는 부패했기 때문에 벨리알의 심판을 받아 마땅합니다."

스승은 만족스럽다는 듯 고개를 끄덕인다.

"인간의 머리로는 파리대왕의 정의를 이해할 수가 없다." 겉만 번지르르한 소리가 귀에 거슬린다.

"아멘." 아이들이 추임새를 넣는다.

전원이 손가락으로 뿔을 만들어 보인다.

"이웃에 대한 의무는 무엇입니까?"

"이웃에 대한 의무는……." 모두 합창한다. "내가 대접하고 싶은 만큼을 그가 대접하진 못하게 하고, 통치자에게 복종하고, 벨리알의 절기부터 2주를 제외한 모든 날에는 자신의 절대 순결을 지키고, 벨리알이 기꺼이 저주해온 신분으로 본인의 의무를 다하는 것입니다."

"교회는 무엇입니까?"

"교회는 벨리알이 머리요, 귀신들린 자가 일원인 몸입니다."

"아주 좋아. 그럼 이젠 어린 그릇 하나가 필요한데……." 과학자가 재차 얼굴을 훔친다.

그는 제자의 열을 훑어보다가 손가락을 꺼낸다.

"거기 너, 둘째 열 왼쪽에서 세 번째. 머리가 노란 그릇은 이리 오라."

들것 주변에 몰린 사람들이 카메라에 들어온다.

부하들이 행복한 상상에 싱긋 웃을 때, 검은색을 띤 곱슬곱슬한 콧수염과 턱수염은 두툼하고 촉촉하다. 게다가 붉은 빛도 감돈다. 총재도 입꼬리가 올라간다. 하지만 룰라는 웃을 기분이 아니다. 룰라는 얼굴이 잿빛이 된 채, 입을 손으로 가리고 눈앞의 광경을 지켜보고 있다. 눈이 휘둥그레진다. 이런 고통을 몸소 겪어본 사람인가보다. 풀 박사는 그녀를 슬쩍 보고는 희생자에게로 시선을 돌린다. 카메라는 그의 시각에서 연단 쪽으로 천천히 진행한다.

"이리 올라오라." 아기 목소리에 거의 가깝지만 권위가 밴 음성이다. "내 옆에 서서 급우를 보라."

여아는 들은 대로 따른다.

북유럽의 성모마리아와 닮은 열다섯 살 소녀는 키가 크고 호리호리하다. 아이를 미디엄 클로즈 쇼트로 잡는다. NO, 너덜해진 페달푸셔 바지의 허리춤에 딸린 앞가리개가 선언한다. NO, NO, 봉긋한 가슴 패치에도 보인다.

과학자는 언성을 높이며 손가락질한다.

"이럴 줄 알았지." 얼굴을 찡그리자 인상이 가관이다. "아주 혐오스런 걸 본 적이 있느냐?"

그가 아이들 쪽으로 몸을 돌린다.

"여러분, 이 그릇에서 흘러나오는 악의성 동물자기가 느껴지는 사람은 손을 들어볼까?"

학급 전원을 롱 쇼트로 잡는다. 누구 하나 예외 없이, 모두 손을 든다. 즐거운 표정에 탐욕과 악의가 배어있다. 영적 사제가 이교도의 희생양을 고문하거나, 기득권층의 이권을 위협하는 이단을 훨씬 혹독한 형벌로 다스릴 때 정통파 신도에게서 보이는 그런 표정이다.

다시 과학자로 장면이 바뀐다. 위선이 묻어나는 한숨을 쉬며 고개를 젓는다.

"나도 그만큼 두려웠단다." 그러고는 옆의 아이에게 몸을 돌린다.

"그럼 말해 보거라. 여성의 본질은 무엇이냐?"

"여성의 본질이요?" 아이의 목소리가 떨린다.

"그래, 여성의 본질 말이야. 어서 말하지 못해!"

소녀는 겁에 질린 채 눈치를 보고는 시선을 돌린다. 입술이 부들부들 떨린다. 아이는 사색이 된 얼굴로 침을 꼴깍 삼킨다.

"여성은……." 드디어 말문을 연다. "여성……."

목소리가 갈라지면서 눈물이 펑펑 쏟아진다. 소녀는 주먹을 꽉 쥐고 입술을 깨문다. 감정을 추스르려고 안간힘을 쓰는 것이다.

"어서 말하지 못해!" 과학자가 새된 소리로 다그친다. 그러고는 버드나무로 만든 회초리를 들고 아이의 가냘픈 다리에 상처를 남긴다. "어서!"

"여자는" 소녀가 다시 입을 연다. "부정한 영혼을 담는 그릇이며 모든 기형의 근원이고……, 음……, 아!"

아이는 회초리질에 얼굴을 찡그린다.

과학자가 웃자, 전원도 박장대소한다.

"무엇의 원수지?" 그가 재촉한다.

"아, 인류의 원수로, 벨리알께 벌을 받아, 당신께 복종하는 모든 사람에게 벌을 내려주십사고 비는 원수입니다."

오랜 침묵이 흐른다.

"그래, 그게 바로 너희들이다! 그릇은 다 그렇지. 들어가!" 소리가 날카롭다. 홧김에 재차 매질을 퍼붓는다.

아이는 통증에 울며불며 단상 밑으로 뛰어 내려와 제자리를 찾아간다.

총재로 장면이 바뀐다. 불편한 심기에 주름이 일그러진다.

"교육이 이렇게나 발전했소!" 그가 폴 박사에게 역설한다.

"틀에 박힌 징계는 없지요. 앞으로 어떻게 달라질지는 나도 모르겠소. 소싯적, 노쇠한 과학 선생은 아이들을 의자에 묶고 자작나무 회초리로 수업을 했지요. '그릇이 되는 법을 가르치겠노라.' 하고는 회초리를 휙, 휙, 휙, 휘두르지 않았겠소! 오, 벨리알이여![42] 아이들이 어찌나 울었던지. '내'가 생각하는 교육은 바로 이런 것이오. 나도 여

---

42. 감탄사인 "오, 마이 갓Oh, My God"의 대용어로, '갓' 대신 '벨리알'을 넣은 것이다.

기서 배울 만큼 배웠소이다. 자. 이제 그만 가자!"

들것이 장면 밖으로 나가면 카메라는 룰라를 잡는다. 두 번째 열에서 눈물이 범벅인 아이의 얼굴과 씰룩거리는 어깨를 고통스런 낯으로 보고 있다. 이때 누군가의 손이 팔에 닿는다. 그녀는 순간 두려운 마음에 몸을 돌리다가 풀 박사의 다정한 얼굴을 보고는 마음을 놓는다.

"난 당신 편이요. 이건 정말 말도 안 되는 부당한 작태요." 그가 귀띔한다.

룰라는 어깨너머로 주변을 살피고는 용기를 내어 감사의 미소를 띤다.

"이제 그만 가야해요."

그들은 서둘러 일행의 뒤를 따른다. 그들은 들것이 행차하는 쪽으로 왔던 길을 되돌아 커피숍을 지나서는 오른편으로 돌아 칵테일 바로 들어간다. 유골더미가 공간 모퉁이에 천정까지 닿을 듯 산적이 쌓여있다. 흰모래가 두텁게 깔린 바닥에는 장인 스무 명이 쪼그리고 앉아 해골로 컵을 만들고, 척골로는 바늘을, 긴 정강이뼈로는 플루트와 리코더를, 골반으로는 국자와 구둣주걱과 도미노를, 대퇴골로는 수도꼭지를 만들고 있다.

휴식시간이 되자 인부 중 하나가 경골로 된 플루트로 〈디뮤미슨스를 다오〉를 연주하고, 다른 장인은 총재에게 고급 목걸이를 바친다. 등급이 나뉜 척추로 제작한 것인데, 크기는 아기의 목에서 헤비급 권투선수의 허리에 찰 수 있을 만큼 다양하다.

내레이션

"그가 나를 유골이 가득한 골짜기로 인도하시고, 보라, 말라비틀어진 유골이로다." 어느 해 여름, 환히 빛나는 3일째 목숨을 잃은 수천, 아니, 수백만 명의 메마른 뼈는 훗날에도 계속 잔존해있다. "그가 인자에게 물었다. 이 뼈를 살아나게 할 수 있느냐?" 나는 그러지 않겠노라 대꾸했다. 이런 납골당 같은 곳에서 우리를 구원할 자는 바루크[43]밖에 없겠으나 그 또한 더디고 섬뜩한, 그리고 이례적인 죽음을 피할 수는 없다…….

계단을 오르는 들것을 트러킹 쇼트로 촬영한다. 계단은 메인 로비로 이어진다. 악취가 진동한다. 더럽기가 짝이 없다. 양고기에 붙은 뼈를 갉는 들쥐 두 마리와 여아의 곪은 눈꺼풀에 앉은 파리들을 클로즈업한다. 카메라를 뒤로 빼 롱 쇼트로 잡는다. 4, 50명의 여인이 계단에 앉아있다. 절반은 머리카락이 전혀 없다. 바닥에 즐비한 쓰레기와, 너덜해진 낡은 침대와 소파에 자리를 잡은 사람도 더러 있다.

---

43. 선지자 예레미야의 제자

각자가 생후 10주 정도 되는 아기를 보고 있는데, 삭발한 엄마의 아이는 모두 기형이다. 입술이 갈라진 언청이의 작은 얼굴과, 팔다리가 없는 몸통, 손가락이 한두 개 더 많은 손, 젖꼭지 한 쌍이 더 달린 아기의 몸이 클로즈업된다. 해설자가 대본을 낭독한다.

내레이션

이례적인 죽음—역병이나, 독극물, 화재, 인위적으로 조작된 종양이 아니라 인간의 본질을 추잡하게 해체해서 벌어진—을 논하자면 선천적으로 죽음이 확정된, 영웅이라도 피할 수 없는 추악한 실상은 핵전쟁뿐 아니라 핵산업의 산물이기도 하다. 핵분열로 에너지를 얻는 세상에서는 모든 할머니가 X레이 전문가였을 것이다. 아니, 조모뿐 아니라, 나를 증오하는 모든 사람의 조부와 부모, 그리고 3, 4, 5대를 거슬러 올라가는 조상도 그럴 것이다.

카메라는 마지막 기형아를 끝으로, 서성이는 풀 박사를 잡는다. 후각이 아주 민감한지라 손수건을 코에 대며 두려움에 휩싸인 채 주변을 응시한다.

"아이들을 보니 나이가 모두 같은 듯싶군요." 박사가 곁에 있던 룰라를 보며 말을 건다.

"당연하죠. 전부가 12월 10에서 17일 사이에 태어났거든요."

"그렇다면……." 풀 박사가 멈칫하며 당혹스런 표정을 짓고는 재빨리 말을 잇는다. "뉴질랜드와는 사뭇 다르군요."

박사는 술이 들어갔지만 태평양 건너, 머리가 흰 모친이 떠오른다. 그러자 죄책감에 상기된 얼굴로 헛기침을 하며 시선을 돌린다.

"저기 폴리가 있어요." 룰라가 소리치며 서둘러 달린다.

풀 박사는 미안하다는 말을 웅얼거리며, 쪼그리고 앉았거나 누워 있는 여인들 틈으로 그녀를 좇는다.

폴리는 지푸라기를 채운 자루에 앉아있다. 예전에는 계산대였던 곳이다. 그녀는 18이나 19세 정도로 보였고 몸은 아담하고 연약했다. 그리고 머리는 처형을 기다리는 죄인의 것처럼 매끈했다. 가냘픈 뼈와 부리부리한 눈매를 빼면 매력이라고는 전혀 찾을 수 없었다. 박사의 시선은 충격을 받은 표정으로 룰라의 얼굴에서, 곁에 있는 여인에게 무심코 옮긴다.

"달링!"

룰라는 몸을 숙여 친구의 볼에 입을 맞춘다. 풀 박사의 시각에서 NO NO가 부각된다. 그녀는 폴리 옆에 앉아 어깨에 팔을 얹는다. 친구가 룰라의 어깨에 얼굴을 묻자 둘은 울기 시작한다. 품에 자던 작은 괴물도 슬픔에 전염이라도 된 듯, 잠을 깨고는 작은 울음으로 불평한다. 폴리는 고개를 들어 눈물에 젖은 얼굴로 기형인 아기를 보고는, 셔츠를 열고 진홍색 NO를 젖혀 젖을 물린다. 거의 정신을 잃을

만큼 허기진 아기가 젖을 빤다.

"난 아들을 사랑해." 폴리가 흐느낀다. "죽이지 않으면 좋으련만."

"달링, 달링!" 룰라는 말을 잇지 못한다.

이때 누군가가 소리를 지른다.

"거기 입 다물지 못해! 조용!"

다른 이도 이를 되풀이한다.

"거기 입 다물지 못해! 조용!"

"거기 입 다물라니까!"

"조용하라고, 조용!"

로비가 순간 썰렁해지면서 쉬쉬하는 소리가 여기저기서 들린다. 뿔피리 장단에 맞춰 다른 누군가가 선포한다. 아이 같지만 자긍심이 밴 목소리다. "지구의 주인이신 벨리알을 섬기는 대주교이자, 캘리포니아의 대주교 겸, 프롤레타리아의 심복이며 할리우드의 주교 예하께서 행차하십니다."

호텔에서 가장 넓은 계단을 롱 쇼트로 촬영한다. 앵글로누비안 종의 염소가죽으로 짠 긴 예복을 걸치고, 길쭉한 뿔이 넷 달린 금관을 쓴 대주교가 근엄하게 내려온다. 큼직한 염소가죽 우산을 그에게 씌워준 시종 뒤로 고위 성직자 이삼십 명이 따른다. 계급은 뿔이 셋인 족장을 비롯하여, 뿔이 하나 달린 장로와 하나도 없는 준사제로 구분한다. 대주교를 필두로, 모두가 수염이 없고 얼굴은 땀에 젖었으며 엉덩이는 뚱뚱하다. 그리고 누구든 입을 열면 저음부의 플루트처럼 들린다.

들것에 앉아있던 총재는 몸을 일으켜 영적 권위의 화신을 만나기 위해 걸음을 옮긴다.

<u>내레이션</u>

교회와 국정

탐욕과 증오—

수장인 고릴라 하나에

원숭이인간은 둘

총재가 정중히 목례한다. 그러자 대주교는 두 손을 올려 관에 달린 두 뿔에 대고는 영이 충만한 손가락을 총재의 이마에 살포시 얹는다.

"주님의 뿔에 상하지 않기를 기도하나이다."

"아멘." 총재는 자세를 바로잡자마자 경건한 신앙인에서 약삭빠른 사업가로 어투를 바꾼다. "오늘밤은 별 문제 없겠죠?"

대주교는 비록 목소리는 열 살배기 어린애 같지만, 베테랑 성직자답게 장황하고 음절도 긴 언어를 구사하는 까닭에 매우 경건해 보일

뿐 아니라, 일행과는 구별된 존재로 사는 데는 일찍이 잔뼈가 굵었다. 그는 만사가 순조로울 거라고 답한다. 세 뿔을 단 종교재판관과 패서디나 족장의 감독하에 독실한 준사제와 무리는 정착촌을 돌며 매년 인구조사를 벌여왔다. 괴물을 낳은 엄마는 뚜렷한 표가 났다. 머리가 밀리고 사전 태형이 실시된 것이다. 이맘때면 모든 죄인은 리버사이드와 샌디에이고 및 로스앤젤레스에 마련된 3대 정화센터로 이송되었다. 칼과, 축성된 황소 음경이 마련되고, 천재지변이 없는 한[44], 의식은 지정된 시간에 거행될 것이다. 대지의 정화식은 명일 동이 트기 전에 끝내야 한다.

대주교는 뿔을 상징하는 손가락을 치켜들고 얼마간 묵상에 잠긴다. 그러고는 눈을 뜨고 오열을 맞춘 성직자 일행으로 몸을 돌린다.

"대머리를 다 잡아들여라. 타락한 그릇이자, 벨리알의 분노를 보여주는 산증인을 잡아 굴욕의 자리로 끌어내라!"

이때 열두 장로와 준사제들은 황급히 계단을 내려가 어미들이 몰린 군중 속으로 흩어진다.

"빨리, 서둘러라!"

"벨리알의 이름으로."

삭발한 여인들이 마지못해 하나 둘씩 천천히 일어난다. 어린 기형

---

44. 원래는 "갓 윌링God willing(별일이 없으면)"이나 저자는 "Belial willing"이라고 했다.

아가 젖으로 풍만한 가슴에 눌린다. 입구로 가던 그들은 여느 통곡보다 더 참혹한 표정으로 침묵 속에 고통을 호소한다.

지푸라기 자루에 앉은 폴리를 미디엄 쇼트로 촬영한다. 젊은 준사제가 다가가 그녀를 억지로 일으켜 세운다.

"일어나!" 그는 분노와 악의에 찬 어린아이의 목소리로 소리를 지른다.

"빨리 일어나라니까, 타락의 원흉아!"

이번에는 뺨을 내리친다. 폴리는 연신 더 맞을까봐 움츠리다가 달음질하듯 입구 주변의 어미들과 합류한다.

밤하늘을 디졸브로 잡는다. 별은 얇은 구름 사이에 떠있고 이지러진 달은 이미 서녘으로 기울었다. 적막이 한참 흐른다가 멀리서 노랫소리가 들려온다. "벨리알께 영광을, 가장 낮은 곳에 임하신 벨리알께." 점차 또렷한 소리로 되풀이 된다.

내레이션

원숭이의 검은 발바닥이 두 눈에서 일인치만 떨어져도
별과 달, 그리고 심지어는
우주마저 가려진다. 악취가 풍기는 다섯 손가락이
세상의 전부인 셈이다

실루엣으로 처리된 원숭이의 손이 카메라에 다가오자 크기가 점점 섬뜩하게 커지면서 결국 장면은 암흑천지가 된다.

로스앤젤레스 콜로세움 내부로 장면이 바뀐다. 연기가 자욱하지만 이따금씩 깜빡이는 횃불을 통해 회중의 몇몇 얼굴이 눈에 띈다. 괴물석상이 열을 맞춰 모인 듯, 근거도 없는 신앙고백과 인간답지 않은 쾌락과 저능아 집단의 광기가 주둥이에서 분출한다. 모두가 종교의식의 일환으로, 검은 눈과, 떨리는 콧구멍과, 벌어진 입술에서 나올 때 단조로운 음정의 노랫가락이 계속 이어진다. "벨리알께 영광을, 가장 낮은 곳에 임하신 벨리알께." 경기장에는 삭발한 여인 수백명이 품에 작디작은 괴물을 안은 채 중앙 제단의 계단 앞에서 무릎을 꿇고 있다. 족장과 대수도원장, 장로 및 준사제들은 경외심을 일깨워주는, 앵글로누비안 모피로 짠 제의복을 입고 도금한 뿔이 달린 관을 쓰고 제단 맨 위에서 두 그룹으로 나뉘어 서있다. 그들은 유골로 만든 리코더와 실로폰 연주에 맞춰 고음으로 번갈아 노래한다.

<u>중창 1</u>

벨리알게 영광을

<u>중창 2</u>

가장 낮은 곳에 임하신 벨리알게!

잠시 후, 수순대로 음악이 바뀐다.

중창 1

참혹하도다

중창 2

참혹하다, 참혹하다

중창 1

손아귀에 떨어진 것이

중창 2

털이 수북하고 큼지막한 손

중창 1

살아있는 악마의 손으로

중창 2

할렐루야!

중창 1

인간의 원수에게 달린 손으로

중창 2

우리의 원숭이 일행

중창 1

자연의 질서를 거역한 폭도의

중창 2

우리는 자신의 뜻을 저버리고 그와 공모했도다

중창 1

파리대왕인 위대한 블로플라이의

중창 2

심장 속에서 꿈틀대고

중창 1

절대 죽지 않는 벌거숭이 벌레의

중창 2

그리고 불사는 영생의 원천이라네

중창 1

공중의 권세를 잡은 왕자의—

중창 2

스핏파이어[45]와 스투카[46], 바엘세붑, 아사셀이여, 할렐루야!

중창 1

세상을 다스리는 주인의

중창 2

그리고 이를 더럽히는 자

중창 1

위대한 몰록 주님의

---

45. 제2차 세계 대전 때의 영국 전투기

46. 독일의 급강하 폭격기

<u>**중창 2**</u>

열방의 후원자

<u>**중창 1**</u>

맘몬 주님의

<u>**중창 2**</u>

무소부재하신

<u>**중창 1**</u>

전능한 루시퍼의

<u>**중창 2**</u>

교회에서, 국가에서

<u>**중창 1**</u>

벨리알의

<u>**중창 2**</u>

초월하시는

중창 1

벗어나려야 벗어날 수가 없다

합창

벨리알, 벨리알, 벨리알, 벨리알은

노래가 사그라지면 뿔이 없는 준사제가 내려와 삭발한 여인들을 일으켜 세우고는 제단 위로 끌어가고, 패서디나 족장은 푸주한의 긴 칼날을 간다. 어미들은 죄다 극도의 두려움에 휩싸여 말문이 막혀있다. 몸집이 크고 어깨가 떡 벌어진 멕시코 계 여성도 입을 벌린 채 공포감에 넋이 나가 있다. 이때 준사제 중 하나가 품에 있던 아이를 빼앗아 족장 앞에서 들어올린다.

발전한 기술이 낳은 괴이한 결과—언청이와 다운증후군—를 클로즈 쇼트로 잡는다. 쇼트 너머로 중창단의 노래가 다시 들린다.

중창 1

벨리알이 증오한다는 표징을 보여주노라

중창 2

불결하다, 불결하다

<u>중창 1</u>

벨리알의 영광이 거둔 소산을 보여주노라

<u>중창 2</u>

오물에 스며든 오물

<u>중창 1</u>

당신의 섭리에 순복한 죄의 대가를 보여주노라

<u>중창 2</u>

지옥처럼 지상에서도

<u>중창 1</u>

기형아를 낳은 자가 누구인고?

<u>중창 2</u>

어머니요

<u>중창 1</u>

부정한 그릇으로 선택된 자는 누구인가?

중창 2

어머니요

중창 1

인류에 닥친 저주는?

중창 2

어머니요

중창 1

귀신이 들렸다, 귀신이 들렸다

중창 2

안팎으로

중창 1

그녀의 대상은 인큐버스[47] 요, 주체는 서큐버스[48] 요—

---

47. 중세 유럽에서 자고 있는 여성을 덮쳐 성적인 쾌락을 탐했다고 여기는 남성 몽마(夢魔)의 일종

48. 인큐버스의 여성판이라고 알려진 유럽 몽마의 일종

중창 2

둘 다 벨리알이다

중창 1

블로플라이가 들린

중창 2

기고 쏘고

중창 1

그에 사로잡히면 어쩔 수 없이

중창 2

들들 볶이고, 감정이 휘둘린다

중창 1

때 묻은 털가죽처럼

중창 2

제철을 맞은 암퇘지처럼

중창 1

깊은 곳으로

중창 2

형언할 수 없을 만큼 더러운 곳으로

중창 1

거기서 한참 뒹군 후

중창 2

술을 몇 번이고 들이부은 후

중창 1

9개월이 지나 어머니가 등장하면

중창 2

인간의 잔인한 조롱을 낳는다

중창 1

그러면 회개는 어떻게 하는가?

중창 2

피로

중창 1

벨리알은 어떻게 달랠 것인가?

중창 2

오직 피로써

카메라는 제단에서 층층이 올라 괴수 가고일로 이동한다. 굶주린 듯 아래서 벌어지는 광경을 내려다보고 있다. 이때 검은 입이 열리면서 합창이 들리기 시작한다. 처음에는 머뭇거린 듯했지만 점차 자신감을 찾아 웅대한 음성으로 노래한다. "피로써, 피, 피, 성혈, 성혈, 피로써, 피로써, 성혈로써……."

다시 제단이다. 넋이 나간 데다 인간답지 않은 누군가의 단조로운 노랫소리가 쇼트 너머에서 이어진다.

족장은 숫돌을 대수도원장 중 하나에게 건네고는 왼손으로 기형아의 목을 잡아 칼로 찌른다. 아기는 두서 번 울고는 잠잠해진다.

그는 돌아서서 절반 파인트[49] 정도 되는 피를 제단에 뿌리고는 조그만 시신을 칠흑이 깔린 저편으로 던져버린다. 중창이 점점 더 거칠고 강하게 들린다. "피로써, 피, 피, 성혈, 성혈, 피로써, 피로써, 성혈로써……."

"여인을 내쫓으라!" 족장이 명령조로 언성을 높인다.

어미는 두려운 마음에 몸을 돌려 재빨리 계단을 내려간다. 준사제 둘이 뒤쫓아 축성된 황소 음경으로 그녀를 인정사정없이 때린다. 중창에 날카로운 비명이 간간이 끼어든다. 회중으로부터 들리는 잡음에는 위로가 섞인 신음과 쾌감으로 앓는 소리가 각각 절반이다. 젊고 포동포동한 성직자들은 격렬한 의식 탓에 상기된 얼굴로 숨을 몰아쉬며 또 다른 여인을 붙잡는다. 이번에는 아가씨인데, 아이라 해도 믿을 정도로 아주 여리고 가냘프다. 계단을 오를 때 얼굴은 보이지 않는다. 성직자 중 하나가 한 걸음 물러서자 폴리가 눈에 띈다.

엄지는 없고 젖꼭지는 여덟 개인 아기가 족장 앞에 들린다.

중창 1

부정하다, 부정하다! 어떻게 회개하려는가?

---

49. 약 270밀리리터

중창 2

피로 할 것이다

중창 1

벨리알은 어떻게 달랠 것인가?

이번에는 회중 전체가 화답한다. "오직 피로써, 피, 피, 피, 성혈로써……."

족장의 왼손이 아기의 목을 감싸 쥔다.

"안 돼! 제발, 아이를 살려주세요!"

폴리는 아이에게로 가려고 안간힘을 써보지만 성직자들에게 저지당한다. 족장은 울부짖을 때 보란 듯이 아기를 칼로 찌르고는 주검을 제단 뒤편 어두운 곳에 던진다.

큰 곡성이 메아리친다. 풀 박사가 미디엄 클로즈 쇼트로 잡힌다. 앞줄에서 기절한 박사가 눈에 띈다.

'지극히 부정한 곳'의[50] 내부를 디졸브로 연결한다. 이 성소는 경기장을 지탱하는 짧은 중심축의 한쪽 끄트머리, 즉, 중앙 제단 측면에 세워진 것으로 아도비 벽돌로 지은, 작고 길쭉한 공간이다. 한쪽

50. 성경에 등장하는 '지성소'의 반대 개념이다.

끝에는 번제단이, 다른 쪽에는 미닫이문이 있는데 지금은 닫혀있다. 중앙에 난 틈뿐 아니라 여기에서도 경기장이 훤히 눈에 들어온다. 성소 중앙에 비치된 소파에는 대주교가 누워있다. 그리 멀지 않은 곳에서는 준사제 하나가 숯불 화로에 돼지족발을 튀기고, 곁에는 뿔이 둘 달린 대수도원장이 풀 박사를 깨우느라 안간힘을 쓰고 있다. 그는 들것에 누워 꼼짝도 하지 않는다. 찬물을 끼얹고 뺨을 두서 대 정도 때리니 그제야 정신이 좀 든다. 풀은 한숨을 내쉬며 눈을 뜨고, 재차 날아오는 손을 막고는 윗몸을 일으킨다.

"여기가 어디요?"

"'지극히 부정한 곳'이오." 대수도원장이 대꾸한다. "예하도 계시죠."

풀 박사는 그 위인을 알아보고 정중히 목례한다. 정신이 온전해진 것이다.

"걸상을 가져오라." 대주교가 주문한다.

걸상이 오자, 그는 풀을 향해 손짓한다. 박사는 얼른 일어나 약간 비틀거리며 걸어와 착석한다. 이때 날카로운 비명이 들리자 그의 고개가 돌아간다.

그의 시각에서 롱 쇼트로 중앙 제단이 잡힌다. 족장이 어린 괴물을 흑암에 던지고 부하들은 오열하는 어미에게 채찍 세례를 퍼붓는다.

장면은 다시 폴 박사로 바뀐다. 그는 부들부들 떨며 두 손으로 얼굴을 가린다. 쇼트 너머로 단조로운 회중의 합창이 들린다. "피, 피, 피로써……."

"이럴 수가! 오, 이렇게 잔인할 수가!" 박사가 탄식한다.

"그쪽 종교도 피를 들먹이던데." 대주교가 비꼬듯 웃는다. "'어린 양의 피로 씻는다.'라고 하지 않았던가요?"

"그렇소만, 우리는 그런 의식을 실제로 거행하진 않소. 그냥 말만 그럴 뿐이오. 실은 그냥 찬송가에 나오는 노래를 부를 때가 더 많소."

폴 박사는 시선을 피한다. 주변이 썰렁해진다. 마침 준사제가 큰 접시와 술병 둘을 들고 와서는 소파 옆 탁자에 두자, 대주교가 포크로 족발 하나를 꿰어 들고 뜯기 시작한다. 조지 왕조풍의 포크지만 20세기에 제작한 고풍스런 모조품이 틀림없다.

"마음껏 드시오." 한 입 더 물기 전, 귀에 거슬리는 소리로 청하고는 술병을 가리킨다. "포도주도 있소."

박사는 배가 고파 죽을 지경이라 허겁지겁 먹거리에 손을 댄다. 침묵이 흐르자, 게걸스레 삼키는 소리와 피의 합창이 겹친다.

"물론 믿기진 않겠지요." 대주교가 음식을 입에 가득 담은 채 말을 꺼낸다.

"하지만 단언컨대……." 폴 박사가 반박한다.

설득하려는 의지가 지나친 까닭에 상대는 돼지기름이 묻은 통통한 손을 들어올린다.

"그만, 그만하시오! 우리의 신앙관에 대한 타당한 이유를 댁도 좀 알아줬으면 좋겠소."

그는 잠시 술을 들이키며 족발을 마구 뜯는다. "보아하니, 선생은 세계사에도 훤한 것 같군요."

"아마추어 수준일 뿐이오." 대답은 겸손하지만 세계사에 대한 책은 대부분 읽었노라 자부한다. 이를테면, 그레이브의 『러시아의 흥망성쇠』를 비롯하여, 베스도우가 쓴 『서양문명의 붕괴』와 브라이트의 독보적인 『유럽을 부검하다』, 그리고 두말하면 잔소리겠지만, 퍼시벌 포트가 쓴 작품으로 비록 소설이긴 하나 정확한 고증에 근거한 『코니 섬에서 보낸 마지막 나날』을 떠올릴라치면 괜스레 흐뭇해진다.

"물론 예하께서도 그러시겠지요?"

그는 고개를 가로젓는다.

"그 일이 벌어진 뒤로 출간된 작품은 아는 게 없소." 대주교가 잘라 말한다.

"아뿔싸!" 풀 박사는 예전에도 종종 그랬듯이, 내성적인 성격을 어떻게든 만회해보려고 아무 생각 없이 주절거린 짓을 후회하며 말을 삼갔다.

"하지만 그 전에 나온 책은 정말 숱하게 읽었소이다. 남부 캘리포니아에도 훌륭한 도서관이 더러 있죠. 지금은 거의 다 쓸어갔는데, 앞으로는 훨씬 먼 곳에서 찾아봐야 하지 않을까 싶소. 지금껏 책으로 빵을 구웠지만 3, 4천 권 정도는 신학교에서 쓰려고 어렵사리 남겨 두었소."

"마치 중세의 암흑기를 겪었던 교회 같군요." 풀 박사가 교양 있게 비위를 맞춘다. "문명도 종교도 믿을만한 친구는 없는 가봅니다. 바로 그 점 때문에 불가지론을 주장하는 친구는 결코……." 이 교회의 교리와 본인이 주장하는 바가 사뭇 다르다는 점을 깨달은 풀은 말을 끊고는 당황한 기색을 감추기 위해 연신 술을 들이킨다.

다행히 대주교는 본인의 사상에 너무 심취한 탓에 박사의 무례에 심기가 불편해지기는커녕 이를 눈치채지도 못한다.

"역사책을 읽어보니 이런 식이더군요. 인류는 자연과 대립하고, 에고는 만물의 질서와 대립하고, 벨리알은(손가락으로 대충 뿔을 만든다) 또 다른 신과 대립하는데, 이러한 전쟁은 수십만 년을 거듭해도 끝이 보이지 않다가 3세기 전에는 거의 하루 사이에 아무런 개입 없이 판도가 일방적으로 바뀌고 말았지요. 족발 하나 더 드시겠소?"

박사는 두 번째, 대주교는 세 번째 족발을 뜯는다.

"인간은 만물의 질서에 대립하기 시작했소. 처음에는 미지근했지만 점차 가속도가 붙였지요." 대주교가 멈칫하며 연골 조각을 뱉어낸다. "인류가 각자의 가슴에 살아있는 당신을 차츰차츰 동조하게 되면 파리대왕이자 블로플라이님은 누구나 인정하는 주인이 되실 세상에서 승리의 행진을 벌일 것이오."

대주교는 쩌렁쩌렁한 웅변에 심취한 나머지 성 아사셀의 성전 강단에 선 것이 아니라는 사실을 잊은 채 팔로 큰 곡선을 그린다. 족발이 포크에서 떨어진다. 아까운 족발에 허허 웃으며 이를 줍고는 염소가죽 카속의 소매로 닦은 뒤 입에 넣는다. 그러고 나서 마저 입을 연다.

"신세계에서 탄생한 곡물선 1호와 기계가 화근이었소. 굶주린 사람에게는 먹을 것을 주고 인간의 부담은 크게 해소되었다며 '오, 하느님, 당신이 베푸신 풍성한 은혜와…… 어쩌구 저쩌구에 감사드립니다.'" 그가 조롱하듯 웃는다. "당연한 이야기지만, 대가 없이 소득을 얻은 사람은 아무도 없다오. 하느님의 풍성한 자비에는 대가가 따르지만, 벨리알은 이를 융통성이 없는 처사라고 치부했소. 기계를 예로 들자면, 중노동이 경감될 때 인간은 철에 종속되고 정신은 기계 조직의 노예가 될 거란 사실을 벨리알께서는 이미 간파하셨지요. 즉, 기계는 누구나 쉽게 이용할 수 있지만 그렇게 되면 기술이나 재능, 혹은 감흥도 모두 발휘할 수 없게 된다는 진리를 알고 계셨다는 말이오. 제품에 결함이 있더라도 돈은 회수할 수 있겠지만, 거기서 미미하게나마 창의력이나 개성을 발견할 수 있다면 수익이 갑절이나 뛰지 않겠소! 신세계에서는 농산물이 풍성했다고 하죠. 그래서 주민들은 '오 하느님, 당신께 감사하나이다……'라고 했다지만 벨리알께서는 먹이가 곧 번식으로 이어진다는 진리도 일찌감치 알고 계셨다오. 옛날에는 밤일을 해도 유아사망률이 늘어 수명이 줄었지만, 선박이 출현한 후에는 상황이 달라졌죠. 교미가 인구를 끌어올리지 않았겠소. 아주 급격히 말이오!"

그는 다시금 새된 소리로 웃는다.

고성능 현미경에 보이는 정충을 디졸브로 연결한다. 정자는 슬라이드의 좌측상단에 있는 난자, 즉, 최종목적지를 향해 미친 듯이 달리고 있다. 배경음악은 테너가 리스트의 〈파우스트 교향곡〉 중 마지막 악장을 노래한다. "라 팜므 에테넬 뚜주 누 엘레브[51]. 라 팜므 에테넬 뚜주……." 1800년에 상공에서 내려다본 런던으로 바뀌고, 다윈의 생존경쟁 및 자기영속성을 반영하는 장면에서 다시 1900년의 런던으로 이어진다. 그러다가 정충이 또 나오고, 1940년 독일 공군이 촬영한 런던이 다시 보인다. 클로즈 쇼트로 대주교를 잇는다.

"오 하느님……." 기원에 걸맞게 살짝 떨리는 목소리로 읊조린다. "불멸의 영혼을 주셔서 감사하나이다." 그러고는 말투를 바꾼다. "벨리알님이 예견하신 모든 것이 숙명처럼 실현될 때, 불멸의 영혼은 해를 거듭할수록 점점 더 무기력해지고 피부병이 도저 볼품이 없어지는 육신에 박혀 있다오. 지구의 인구는 폭발하고 있소. 1평방마일 경

---

51. 영원히 여성스러운 무언가가 우리를 끌어올리는 도다.

작지당 500에서 800명, 아니, 그것도 모자라, 2천 명씩이나 되는 곳도 있다고 합디다. 졸속영농으로 불모지가 되어가고 있는 땅이지요. 도처에서 침식작용에 무기물이 빠져나가고 사막화가 진행되자 삼림은 서서히 자취를 감추어가고 있소. 아메리카에서도, 과거의 희망이라던 신세계라는 곳에서조차 예외는 아니었다오. 산업은 급속도로 발전한 반면 토지생산성은 급속도로 떨어졌고, 몸집이 커지고 삶이 넉넉해지고 부와 권력이 창출되었건만 되레 굶주리는 사람이 순식간에 늘어나고 말았소. 물론 벨리알님은 이를 이미 눈치 채고 계셨지요. 기아는 수입 농산물로, 수입 농산물은 인구증가로, 인구증가는 다시 기아로 순환하는데, 이때 이례적이고도 개인의 차원을 넘은 기아는 산업화된 프롤레타리아가 겪은 무시무시한 사태로 지금은 도시 주민이 겪고 있소. 금전뿐 아니라 현대식 편의시설, 차량과 라디오에, 상상할 수 있는 모든 기기를 갖추었다는 그들이 말이오. 기아 때문에 전쟁이 벌어지지만 전쟁은 훨씬 더 심각한 기아를 초래하고 말았소."

대주교는 다시금 술을 벌컥벌컥 들이킨다.

"벨리알님은 합성 마비저균이나 핵폭탄이 없더라도 당신의 목적을 이루실 수 있다는 걸 명심하시오. 인류는 속도는 좀 더뎠지만 확실한 방법으로 세상을 파괴하여 자멸을 초래했다오. 빠져나갈 구멍은 전혀 없었소. 그분은 인간을 당신의 두 뿔에 꿰셨다오. 저들이 총

력전의 뿔에서 벗어나려고 안간힘을 쓴다면 기아에 허덕이게 될 것이고, 배를 주리면 전쟁을 일으키고픈 마음이 굴뚝같아지겠죠. 혹시라도 딜레마에서 벗어나기 위해 평화적이고도 합리적인 방안을 모색할라치면 벨리알님은 더더욱 감지하기가 어려운 자멸의 뿔을 마련해두었소. 벨리알님은 산업혁명 이후, 인간이 제 손으로 일군 기적에 너무 방정을 떨어 현실감각을 아주 상실해버릴 거라는 사실을 일찌감치 예견했소. 실제로도 정말 그리 되었죠. 기계와 장부의 가련한 노예가 된 이들은 '자연의 정복자'가 되었다는 것을 자축했는데, 물론 자연을 정복했다는 것이 틀린 말은 아니었소! 엄밀히 따지자면, 자연의 균형을 깨뜨려 그 대가를 몸소 치르게 되었다고 해야 맞지만 말이오. 그 일이 벌어지기 1.5세기 전에 그들이 자행했던 짓을 한번 떠올려 보시오. 강은 썩히고, 야생동물은 떼거리로 죽이고, 삼림은 파괴하고, 표토는 바다로 쓸어버리고, 석유는 다량 태우고, 지질시대에 비축해둔 지하자원은 흥청망청 써대지 않았소. 저능한 범죄자의 난잡한 추태인데, 저들은 이를 '진보'라 포장하더이다. 진보 말이오. 이런 발상은 아주 드물어서 인간의 머리에서 나왔다고 하기에는 어폐가 있지 않을까싶소! 이런 아이러니가 또 어디 있을까! 분명 제3자의 도움이 있었을 거요. 벨리알의 은혜랄까요. 당신과 협력할 각오가 되어있는 사람이라면 은혜는 누구에게나 임할 것이요. 누가 감히 협력하지 않겠소?"

"누가 감히 그러겠소?" 풀 박사가 킥킥대며 반문한다. 암흑기의 교회에 대한 실언을 만회해야겠다는 마음에 그런 것이다.

"진보와 민족주의, 이 둘은 당신께서 인간의 머리에 심어둔 위대한 사상이요, 진보를 둘러싼 이론이란 아무 대가 없이 무언가를 얻을 수 있다는 이론이고, 한 밭에서 대가를 지급하지 않고 무언가를 손에 넣으면 다른 밭에서도 그럴 수 있다는 이론이며, 당신만이 역사의 의미를 이해할 수 있고, 50년 후를 내다볼 수 있다는 이론이며, 경험에 관계없이 지금 벌이고 있는 행동의 결과를 예견할 수 있다는 이론이며, 유토피아가 조만간 실현될 거라는 이론이며, 이상적인 목적이라면 가장 가증스런 수단도 정당화되기 때문에 약탈과 사기, 고문뿐 아니라, 지상낙원의 걸림돌이 된다고 판단되는(정의상 오류가 없는 판단) 모두를 노예로 삼거나 죽일 수 있는 특권과 의무가 있다는 이론이요. 칼 마르크스가 한 말을 생각해보시오. '무력은 진보의 산파다.' 물론 마르크스라면 —벨리알님은 애초부터 그런 비밀을 누설하고 싶어 하진 않으셨지만— '진보는 무력의 산파다.'라는 말도 덧붙였을 거요. 기술의 진보가 무차별적인 파괴를 자행할 수단을 제공했다면, 정치·도덕적 진보라는 허상은 이 같은 수단의 활용을 극대화하는 명분으로 작용했기에 산파에는 이중적인 의미가 담겨있다는 거요. 외람된 말이지만, 신앙이 없는 사학자는 미치광이에 불과하오. 근대사를 장기간 연구할수록 벨리알님의 든든한 손이 존재한다는 증거를 발견하게 되죠." 대주교는 손가락을 치켜 올려 머리에 대고는 포도주를 들이키며 기분을 달랜다. "그리고 민족주의란, 본의 아니게 종속된 국가가 유일한 신이며 다른 국가는 거짓된 신이라는 이론이고, 참이든 거짓이든 모든 신은 비행청소년 같은 사고방식을 갖고 있으며, 특권이나 권력 혹은 부를 쟁취하려는 투쟁은 곧 진선미를 위한 개혁이라는 이론이오. 그런 이론이 역사의 한 정점에서 보편적으로 수용되었다는 사실은 벨리알님이 존재한다는 증거이기도 합니다. 결국에는 당신께서 승전한다는 가장 유력한 증거 말입니다."

"무슨 말씀인지 잘 모르겠군요."

"사실이 그렇습니다. 선생 머릿속에는 두 사상이 있을 겁니다. 각각은 애당초 터무니없는 데다 끔찍한 결과를 초래할 것이 분명합니다. 그런데도 문명이 발달했다는 인류가 거의 순식간에 그런 사상을 길잡이로 수용했다는 것입니다. 왜 그랬을까요? 누가 그러라고 설득했고, 누가 촉구했으며, 누가 감흥을 주었을까요? 정답은 딱 하나일 겁니다."

"예하께서는 그러니까…… 그게 악마였다는 말씀입니까?"

"인류가 타락하고 파괴되는 걸 좋아할 신이 또 누가 있겠소?"

"물론 그렇습니다만……." 풀 박사가 고개를 끄덕인다.

"개신교인인 저로서는 딱히 납득이……."

"그렇소?" 대주교가 비아냥거리듯 반문한다.

"선생은 루터를 비롯한 모든 기독인보다는 지각이 있으리라 믿소. 그런데 2세기 이후로, 정통 개신교인 중 '사람이 하느님께 사로잡힐 수 있다'는 점을 믿은 사람은 아무도 없었다는 사실을 아시오? 다만 악마에게 씌울 수는 있었지요. 왜들 그렇게 믿었을까요? 사실이 그러니 '역'은 생각조차 할 수 없었던 겁니다. 벨리알도 존재하고, 몰록도, 악마의 빙의도 사실이니까요."

"과학도로서 제가 하고 싶은 말은……." 박사가 언성을 높인다.

"과학도는 사실을 아주 그럴듯하게 해명하는 연구가설을 수용하게 마련이지요. 그렇다면 무엇을 사실이라 규정하겠소? 첫째는 몸소 경험하고 관찰한 바를 사실이라 하죠. 이를테면, 고통을 싫어한다거나, 타락이나 불구, 혹은 죽음을 좋아할 사람은 없다는 것이 사실일 테고, 둘째는 역사적인 사실이 있겠지요. 즉, 어느 시대에는 대다수가 어떤 신념이나 방침에 수긍했지만 결국에는 전체가 고통을 겪고, 타락과 파괴로 이어졌다는 사실 말이오. 이를 두고는 제3자의 의식을 통해 감흥을 받았거나 그에 사로잡혔다는 추론이 가장 그럴듯한 해명일 거요. 여기서 의식이란 각자의 행복과 생존을 추구하는 것보다 훨씬 더 강한 의지력으로 파멸을 조장하고 부추긴다는 뜻이오."

잠시 침묵이 흐른다.

"그런 사실은 달리 해석할 수도 있습니다." 마침내 풀 박사가 어렵사리 입을 연다.

"그럼 설득력이 떨어지거나, 논리가 복잡해질 텐데요." 대주교가 반박한다. "다른 증거도 얼마든지 있소. 이를테면, 제1차 세계대전을 생각해보시오. 국민과 정치인이 뭐에 씌우지 않았다면 그들은 베네딕트 15세나 랜즈다운 경의 말에 귀를 기울였을 거요. 그랬다면 평화를 조율하며 합의점을 찾았을 겁니다. 승패에 연연하지 않고 말이오. 하지만 그럴 수는 없었지요. 자국의 이익을 도모한다는 건 불가능했으니까요. 그들은 내면을 사로잡은 벨리알님의 명령에 순응해야 했죠. 당신께서는 공산주의혁명을 장려하셨고, 파시스트가 그에 대응하기를 바라셨으며, 무솔리니와 히틀러 및 소비에트 연방의 정치국을 비롯하여, 기아와 인플레이션 및 공황사태가 벌어지길 원하셨고, 실업률의 해결책으로 무력을 동원하셨으며, 유대인과 쿨라크[52]의 사형을 부추기셨으며, 나치와 공산주의자가 폴란드를 가르고 서로 전쟁을 벌이길 원하셨소. 그렇소, 벨리알은 노예제도를 아주 잔인하게 부활시켰고, 강제이민과 집단빈곤을 조장키도 하셨지요. 그뿐 아니라, 강제수용소와 가스실과 소각로, 그리고 집중폭격도 권하셨고(듣기만 해도 기분이 좋아지는 말이로다!) 한 세계가 축적해온 부와 잠재력, 이를테면, 장래의 번영과 품위, 자유 및 문화를 순식간에 파괴시키고 싶어 하셨소. 벨리알님은 이를 모두 계획하시고, 정치인과 장

---

52. 러시아 혁명 이전의 인색하고 악랄한 고리 대금업자

성, 언론인 및 일반인의 마음속에 둥지를 튼 위대한 블로플라이가 되어, 교황은 가톨릭에 무시를 당하고, 랜즈다운 경은 매국노 겸 반역자로 몰리게 하셨으며, 전쟁이 만 4년간 지연되는 등, 이후의 만사가 당신의 계획대로 착착 진행되어갔다는 말이오. 세상은 줄곧 악(惡)화되었고, 악순환이 거듭될수록 사람들은 남녀를 막론하고 부정한 영의 지도에 고분고분해졌소. 영혼의 가치를 둘러싼 기존의 신념은 사그라졌고, 기존의 규제는 효력을 상실했으며 죄책감과 동정심도 증발해버렸다오. 하느님이 인간의 머리에 이식해둔 것은 몽땅 새어나왔고 진보와 민족주의라는 광기어린 꿈이 빈 공간을 가득 채웠소. 그런 꿈이 타당하다면 요즘 사람들은 개미와 빈대에 불과할 테니 그에 걸맞은 취급을 당할 것이오. 아니, 과거에도 그런 대접을 받았지요. 정말 미물이었으니까!"

대주교는 날카로운 소리로 낄낄 웃어젖히고는 마지막 족발을 뜯는다.

"그 당시 히틀러 옹은 악마성을 잘 보여주는 모델이었죠. 물론 1945년부터 3차 대전 초 사이에 출현한 다수의 민족 지도자보다는 당신의 지배를 덜 받았지만 평균은 웃돌았소. 당대 인물 중 '내 안에는 자아가 아닌 벨리알이 산다'고 고백해도 전혀 이상할 것이 없는 인물이 히틀러라오. 다른 지도자는 이따금씩 띄엄띄엄 지배를 받았죠. 이를테면 과학자가 그랬소. 대개는 선량했지만, 벨리알님은 그들이 인간을 포기하고 전문가로 전락했을 때 그들의 정신을 사로잡았지요. 그래서 생화학무기와 폭탄이 난무한 것 아니겠소? 게다가 그 사람을 기억하시오? 이름이 뭐였더라? 미국에서 장기간 집권했던 대통령 말이오."

"루즈벨트요?"

"그렇소, 루즈벨트. 제2차 세계대전 당시 그가 입에 달고 살았던 말을 기억하시오? '무조건 항복[53]' 말이오, '무조건 항복.' 그걸 가리켜 완전한 감흥(무조건 항복에 걸맞은 아주 적절한 용어야!)이라고 하죠. 완전하고도 직접적인 계시 말이오!"

"그렇게 말하시는 증거는 뭡니까?" 박사가 반문한다.

"증거요? 전쟁 이후의 역사가 증거지요. 무조건 항복이 방침으로 채택되고 시행령이 공포되었을 때 벌어진 사태를 생각해보시오. 무조건 항복 때문에 결핵 환자 수백만이 속출하고, 수많은 아이들이 초콜릿을 얻어먹겠답시고 몸을 팔거나 도둑질을 하지 않았소? 벨리알 님은 아이들이라면 사족을 못 썼지요. 게다가 유럽은 폐허가 되고 아시아는 혼란이 가중되고 도처에 기근이 만연하는가 하면 혁명과 독재가 난무키도 했소. 무조건 항복으로 무고한 사람들이 여느 때보다 훨씬 더 가혹한 고통을 겪어야 했단 말이오. 선생도 잘 아시겠지만,

53. 일반적으로 승전국이 제시하는 항복조건에 패전국이 그대로 승복하는 일(포츠담 선언)

벨리알님은 무고한 사람의 고통을 가장 즐기신다오. 그리고 마침내는 '그 사태'가 벌어진 것이오. 무조건 항복과 거대한 폭발! 당신의 섭리가 그대로 실현된 것이 아니고 뭐겠소? 자연이 특별히 개입하지도 않았고 기적도 일어난 바가 없었소. 그러니 벨리알님의 역사는 곱씹을수록 감탄사가 절로 나올 수밖에요." 대주교는 치켜 올린 손가락을 머리에 댄다. 잠시 멈칫하며 손을 든다. "잠깐 집중해보시오."

흐릿하고 어렴풋한 노랫소리가 점점 또렷하게 들린다. "피로써, 피, 피, 성혈로써……." 어린 괴물이 족장의 칼에 죽임을 당한 채 버려지고 황소의 음경이 맨살에 부딪치는 가운데, 흥분한 회중의 괴성(큰소리가 이어지는데 비명은 아닌 듯싶다) 가운데 곡성이 희미하게나마 울린다.

"선생은 벨리알님이 기적을 일으키지 않고는 '우리'를 만들 수 없었으리라 생각할 거요." 대주교가 생각에 잠긴 채 말을 잇는다. "하지만 그분은 그러셨소. 정말 그랬소. 자연적인 수단을 동원하고 인간과 과학을 당신의 도구로 사용하여 전혀 새로운 인류를 창조하신 것이요. 혈액에는 기형인자를 주입하고 주변에는 온통 불결한 것으로 도배를 하신 까닭에 훗날에는 부정을 빼면 아무것도 남아나질 않을 것이요. 게다가 기형은 날로 심각해지다가 결국에는 멸종되고 말거요. 그렇소, 악마의 손에 사로잡혀 사는 건 끔찍한 일이지요."

"그렇다면 왜 벨리알을 섬기는 겁니까?"

"으르렁대는 호랑이에게 먹이는 왜 던져주겠소? 숨 돌릴 틈을 얻고, 불가피한 결과에 대한 두려움을 몇 분이나마 떨쳐버리기 위해서요. 지상이 지옥과 크게 다르지 않지만, 그래도 아직은 지상에 살고 있지 않소?"

"굳이 그럴 가치가 있나 싶군요." 이제는 배를 채운 뒤라 달관한 어조로 이야기한다.

이때 낯선 괴성이 재차 들리자 박사가 입구 쪽으로 고개를 돌린다. 풀 박사는 넋이 나간 채 목전의 광경을 지켜보고 있다. 이번에는 과학적 호기심에 공포심이 상당히 누그러진 표정이다.

"이제야 적응이 되셨소?" 대주교가 상냥히 묻는다.

내레이션

양심과 관습 중, 양심은 겁쟁이를 부추기고
때로는 성인과 사람을 만들기도 한다
반면 관습은 애국자와 가톨릭 신자와 개신교 신자를 만들고
속물근성을 가진 실업가와 사디스트와 스베아족 혹은 슬로바키아인을 만들고
쿨라크 암살자와 유대인의 염소투입기를 만들고
떨고 있는 육체를 숭고한 동기로 토막 내는 사람도 만든다
극진한 섬김에 대한 확신에 누가 되는 의문이나 거리낌도 없이

그렇다, 터키인이 수많은 아르메니아인을 학살했을 때 얼마나 분노가 끓었으며, 그런 사태는 평생 겪을 일이 없는, 진보하는 개신교 국가에서 살고 있다는 것에 하느님께 얼마나 감사했는지 돌이켜보라. 남성은 중산모를 쓰고 8시 23분에는 시내에 가있을 테니 그런 일이 벌어질 리는 없었다. 게다가 끔찍하지만 대수롭지 않게 여기는 사태를 반추해보라. 당신의 손을 거치지 않은(혹은 당신의 손으로 자행한) 짓 중 인간의 기본적인 품위를 저버린 극악무도한 범죄뿐 아니라, 어린 딸아이와 같이 본 뉴스영화[54]에서 부각된 만행도 돌이켜보라. 주당 두 번씩 감상하다 보니 아이는 무료함을 느끼고 지루해 할 것이다. 그렇게 20년이 지나고 나면 손자가 텔레비전에서 검투사의 경기를 즐길 것이고, 그것이 식상해질라치면 '양심적 거부자'를 십자가에 달아 처형하거나, 온두라스인 답지 않다는 이유로 테구시갈파[55]에서 7만 명이나 되는 용의자의 피부를 산 채로 벗겨내는 사건이 연출될 것이다.

한편, 풀 박사는 '지극히 부정한 곳'에서 미담이문에 난 틈으로 바

---

54. 시대의 중요한 사건들인 뉴스를 중심으로 만든 영화를 말하며 일종의 기록영화다. 뉴스영화는 무엇보다 예술성을 추구하기보다는 중요한 사건들을 편집해 전달하는 기능을 주로 한다.

55. 온두라스의 수도

깥을 지켜보고 있다. 대주교는 이를 쑤신다. 적막이 흐른다. 배를 채운 후에 감도는 느긋한 정적이다. 박사는 돌연 고개를 돌린다.

"왠지 심상치가 않은데요!" 풀의 언성이 높아진다. "모두 자리를 뜨고 있어요."

"난 일찌감치 알고 있었다오." 주교가 마냥 이를 쑤시며 대꾸한다. "혈통 때문에 그러는 것이요. 물론 채찍도 없어서는 안 되겠지만……."

"경기장으로 뛰어내리는군요." 풀 박사가 말을 잇는다.

"술래잡기 하듯 꽁무니를 쫓아다니는 데, 대체 무슨 짓을 하고 있는 건지……. 오, 이런! 맙소사! 이게 정녕 생시란 말인가……." 박사는 너무 흥분한 나머지 입구에서 뒷걸음질 쳤다.

"인간이라면 도리라는 것이 있을 터인데……."

"틀린 생각이요. 그런 도리는 없다오. 여기에서는 무엇이든 할 수 있으니까요. 무엇이든……."

풀 박사는 입을 다문다. 그는 의지력을 능가하는 모종의 세력에 속절없이 눌린 채 제자리로 돌아가서는 경기장의 상황을 탐욕스레 응시한다. 두려움은 아직 가시지 않았다.

"너무 추악하군요!" 풀이 분통을 터뜨린다. "혐오스럽기가 짝이 없소이다!"

이때 소파에서 찬찬히 몸을 일으킨 대주교는 벽장을 열어 쌍안경을 꺼낸다. 풀 박사에게 건네려고 꺼낸 것이다.

"이걸로 보시오. 야간 쌍안경이요. '그 사태'가 벌어지기 전, 해군이 쓰던 장비인데 훤히 잘 보일 거요."

"하지만 상상만으로는 실감이 잘 나지 않을 텐데요……."

"상상뿐 아니라……." 대주교는 이상하리만치 다정다감하게 씩 웃으며 이야기한다. "두 눈으로도 똑똑히 봤으니 선생이 쓰시오. 뉴질랜드에서는 볼 수 없었을 테니까요."

"봤을 리가 없지요." 풀 박사는 모친이 썼을 법한 어투로 말한다.

결국 박사는 쌍안경을 눈에 댄다.

그의 시각에서 롱 쇼트로 촬영한다.

사티로스[56]와 님프[57]가 서로 쫓고 쫓기는 장면이다. 도발적인 자태로 저항하다 수염이 덥수룩한 입술에 못이기는 척 입술을 허락하고, 헐떡이는 가슴은 참을성이 소진된 거친 손에 맡긴다. 현장은 카랑카랑한 고성과 훤화로 아수라장이 된다.

대주교로 장면이 바뀐다. 혐오감에 잔주름이 잡히며 얼굴이 일그러진다.

"고양이 같으면 좋으련만. 교미할 때 떼거리로 몰려다니지 않는

---

56. 고대 그리스 신화에서 숲의 신. 남자의 얼굴과 몸에 염소의 다리와 뿔을 가진 모습

57. 그리스신화에 나오는 요정의 총칭

동물은 고양이뿐이라죠. 그런데 이걸 보고도 여태 벨리알이 의심스러운 거요?"

박사가 망설인다.

"그 일이 터진 뒤에…… 이렇게 된 건가요?"

"두 세대가 이렇게 지내왔소."

"두 세대라고요?" 풀 박사가 휘파람을 분다. "그간 이런 행사를 두고 아무런 거리낌이 없었다는 거군요. 그렇다면 혹시…… 혹시, 다른 철에도 이걸 하고 싶다는 생각은 안 해보셨습니까?"

"딱 다섯 주뿐이지요. 짝짓기 기간은 두 주만 허용됩니다."

"왜죠?"

대주교는 뿔처럼 손가락을 세워 이마에 댄다.

"일반원칙에 따라, 저들은 이미 심판을 받았다는 이유로 처벌을 받아야 하오. 벨리알의 율법이 그러하니, 율법을 어기면 벨리알의 법을 집행하는 것이 당연하지요."

"물론 그러시겠죠." 풀 박사는 룰라와의 불편한 기억을 떠올린다.

"기존의 짝짓기 방식을 고집하려는 사람들은 납득하기가 버거울 겁니다."

"그런 사람이 많습니까?"

"5에서 10퍼센트 사이는 될 거요. '호트'라는 작자들 말이오."

"여기에는 얼씬도 못 하겠군요……."

"잡히는 족족 뭐든 뜯어낸다오."

"너무 파렴치한 짓 아닙니까!"

"물론 그렇소만, 역사를 돌이켜보시오. 사회의 결속을 바란다면 외부의 적이나 억압받는 소수를 수용해야 할 터인데, 적은 없으니 호트를 이용하는 것이오. 히틀러 집권 당시의 유대인이나, 레닌 및 스탈린 정권에서의 부르주아, 가톨릭 국가의 이교도, 개신교의 휘하에 있는 가톨릭 신자라고 보면 얼추 맞을 거요. 호트가 뭘 잘못하면 으레 말썽이 벌어지더군요. 물론 그들이 없다면 우리가 어떻게 처신했을지는 잘 모르겠소."

"그들의 기분이 어떨지 한 번이라도 생각해본 적이 있나요?"

"내가 왜 그딴 것까지 신경을 써야 하죠? 그건 율법이오. 이미 처벌을 받은 자에 대한 정당한 심판이고, 그들도 신중히 처신한다면 벌을 받을 이유가 없겠지요. 그러니까 규정되지 않은 철에는 임신을 피하고, 이성과 눈이 맞아 영원한 관계를 지속해왔다는 사실은 숨기면 그만이오. 행여 그러기가 곤란하다면 언제든 떠날 수 있는데 뭐가 문제란 말이오?"

"떠난다고요? 어디로요?"

"북쪽 프레즈노 근방에 조그만 공동체가 있소. 85퍼센트가 호트라고 합디다. 물론 위험천만한 여정이 될 거요. 마실 물이 거의 없는 데다 우리 손에 잡히면 산 채로 묻힐 테니까요. 하지만 기꺼이 위험을 감수하겠다고 작정하면 그러도록 내버려둔다오. 그런 자가 나중에는 사제가 됩니다." 대주교가 뿔을 만들어 보인다. "일찌감치 호트의 조짐을 보이는 아이는 미래가 보장되었다고나 할까요. 우리가 녀석을 사제로 삼으니까요."

이윽고 풀 박사가 용기를 내어 입을 연다.

"그렇다면 혹시……?"

"그렇소. 지옥의 왕국을 위해, 아주 실리적인 이유에서 그런 거요. 공동체의 명맥은 어떻게든 이어야 하는데 평신도는 절대 그럴 수 없으니까요."

경기장에서 울리는 잡음이 그 순간 절정에 이른다.

"아주 역겹구나!" 대주교가 혐오감에 눈살을 찌푸리며 투덜댄다.

"차차 벌어질 일에 비하면 이건 아무것도 아니지요. 나는 이런 치욕을 겪지 않아도 되니 참으로 감사할 따름이오! '인류의 원수'가 저들의 역겨운 육신으로 구현된 것이오. 저쪽을 찬찬히 보시오." 그는 박사를 살며시 끌어당기고는 굵은 집게손가락으로 어딘가를 가리킨다. "중앙 제단 좌측에, 머리가 붉은 그릇과 함께 있는 사람을 보시오. 저 사람이 총재요, 총재 나리란 말이오!" 대주교는 조롱하듯 강조한다. "다음 두 주간은 어떤 통치자가 될 것 같소?"

직분은 잠시 내려놓았으나, 조만간 권좌에 오를 사내에 대해 사견을 밝히고는 싶었지만 박사는 이를 꾹 참으며 조심스레 웃는다.

"예, 정사에는 손을 뗄 것처럼 보이는 군요."

내레이션

하지만 왜, 왜 그는 하필이면 룰라와 오붓한 시간을 가지려는가? 아주 야만적인 데다 부정한 매춘부와 말이다! 물론 위안으로 삼을 만한 점이 아주 없진 않다. 이를테면, 룰라의 행동은 접근이 가능하다는 방증으로 뉴질랜드와 학술계, 그리고 모친의 동네에서는 사실이라고 하기엔 너무도 달콤한지라 아무도 모르게 꿈에서나 그려볼 법한 것이었다. 그러니 감히 표현할 수 없는 정욕에 사로잡힌, 내성적인 사내에게는 아주 위안이 될 터였다. 실은 룰라 말고도 접근을 허용한 여성이 더러 있다. 혼혈 아가씨를 비롯하여, 포동포동하고 피부가 꿀 빛깔인 튜턴 사람 플로시와, 체구가 큰 아르메니아계 중년 부인, 눈이 부리부리하고 머리가 담황색인 청년…… 은 말이나 행동으로 보아 접근해도 좋다는 속내를 입증하고 있다.

"그렇소, 저자가 우리 총재요." 대주교의 표정이 자못 씁쓸하다.

"그를 비롯한, 돼지 같은 녀석들에게서 악마가 빠져나간다면 교회가 장악하게 될 거요."

풀 박사는 룰라를 만나고 싶어 안달했지만—덧붙이건대, 주교만 아니라면 누구든 좋을 듯했다—누구도 말릴 수 없을 만큼 교양이 있는 사람인지라 '영적인 권위'와 '세속적인 권력'에 대해 그럴듯한 변론을 늘어놓는다.

대주교는 이를 무시한다.

"음, 이제 슬슬 시작해볼까." 그가 기운을 낸다.

대주교가 준사제를 부르자 그가 수지양초를 건넨다. 이때 대주교는 성소의 동편 끝자락에 있는 제단으로 간다. 제단에는 길이가 서너 피트 정도 되는 누런 밀랍초 하나가 있는데 굵기가 고르진 않았다. 대주교는 무릎을 꿇고 초에 불을 붙이고는 집게손가락 둘을 머리에 대고 난 후 박사가 있는 곳으로 돌아온다. 풀 박사는 충격적인 욕정과 공포감에 넋이 나간 채 경기장의 광경을 목도하고 있다.

"좀 비켜주겠소?"

풀이 자리를 옮긴다.

준사제는 첫째와 둘째 문을 차례로 밀어젖힌다. 대주교는 앞으로 나아가, 입구 중앙에 서서 관에 달린 금각(金角)에 손을 댄다. 그러자 중앙 제단 계단에서 대퇴골 리코더가 일제히 날카로운 음색을 낸다. 왁자지껄한 회중의 잡음은 서서히 잦아진다. 이처럼 억누를 수 없는 고통이나 희열을 야만스레 표출할 때는 적막이 끼어들 때가 더러 있다.

사제들이 노래를 번갈아 부른다.

중창 1

때가 왔도다

중창 2

벨리알께는 자비가 없으시니

중창 1

시간이 종말을 고하도다

중창 2

욕정의 혼돈에 빠진 채

중창 1

때가 왔도다

중창 2

벨리알께서는 피에 임재하시니

중창 1

너희에게서 태동할 시간이로다

중창 2

이방신과 외계의 존재와

중창 1

가려움과 피진과

중창 2

부어오른 벌레가

중창 1

때가 왔도다

중창 2

벨리알은 너희를 증오하시니

중창 1

육신의 사망을 고할 때가 왔도다

중창 2

사람이 멸망하고

중창 1

욕구에 따라 형량이 선고되도다

중창 2

희락은 사형집행인이요

중창 1

원수가

중창 2

완승하는 시간은

중창 1

원숭이가 주인이 되려면

중창 2

괴물이 탄생할 수도 있다

중창 1

너희의 의지가 아니라 당신의 의지로써

중창 2

너희는 영영 길을 잃을지도 모른다

회중은 한 목소리로 "아멘"을 외친다.

"저주가 너희에게 있기를 원하노라." 대주교는 카랑카랑한 육성으로 기원하고는 성소 끄트머리로 가서 제단 옆에 마련된 성좌에 앉는다. 바깥에서 잡다한 아우성이 점차 크게 들리자, 아우성치는 숭배자들이 불현듯 성소에 들이닥친다. 그들은 제단으로 달려가 서로의 앞가리개를 찢고는 대주교의 발치에 내던진다. 앞가리개가 수북이 쌓인다. NO, NO, NO—카메라에 NO가 잡힐 때마다 그들은 의기양양하게 "YES"를 외치고, 곁에 있는 이성에게 애정행각을 벌인다. 사제들은 멀찍이 떨어져 단조로운 목소리로 노래한다. "너희의 의지가 아니라 당신의 의지로써, 너희는 영영 길을 잃을지도 모른다"—노랫말이 계속 반복된다.

성소 구석에서 추이를 지켜보던 풀 박사가 클로즈 쇼트로 잡힌다.

다시 군중으로 장면이 바뀐다. 넋을 잃은 채 열광하는 얼굴과 얼굴이 시야에 들어왔다가 밖으로 나간다. 돌연 룰라의 얼굴이 보인다. 눈은 초롱초롱하고, 입술은 벌어져 있으며, 보조개는 생생히 살아있다. 무심코 고개를 돌리다 풀 박사를 발견한다.

"알피!"

룰라의 말투와 표정에 박사도 열광적으로 반응한다.

"룰라!"

그 둘은 마주보며 달려와 격렬히 포옹한다. 얼마쯤 지났을까,

사운드 트랙의 〈파르지팔〉 중 〈성 금요일의 음악〉이 감미롭게 들려온다.

얼굴을 떼자 카메라가 뒤로 물러난다.

"서둘러야 돼요, 어서요!"

룰라는 풀의 팔을 잡고 제단으로 끌고 간다.

"앞가리개를……."

풀 박사는 시선을 내려 앞가리개를 보고는 곧장 눈을 돌린다. 마치 NO를 수놓은 듯 볼이 붉어진다.

"보기가…… 좀 민망하군요."

그는 손을 내밀었다가 다시 뺀다. 그러고는 이내 마음을 돌이킨다. 엄지와 집게손가락으로 앞가리개 끝을 잡고, 두어 차례 당겨보지만 기운이 없어 꼼짝도 하지 않는다.

"더 세게 당겨요, 더 세게요!"

이번에는 거의 정신줄을 놓은 듯 격렬하게 뜯어낸다. 단순한 앞가리개이기도 하지만, 모친의 치맛바람과 본인을 움츠러들게 하는 두려움, 몸에 밴 사회적 통념도 전부 찢어내는 것이기 때문이다. 퀘맨자리가 생각보다 쉽게 떨어져나가자 균형을 잃어 뒤로 휘청댄다. 몸

을 추스른 박사는 당황한 기색으로 일곱째 계명을 일깨워주는 천 쪼가리와 룰라의 웃는 얼굴을 보다가 다시 주홍색 부정어로 시선을 돌린다. NO와 보조개, NO와 보조개, NO…… 가 번갈아 잡힌다.

"YES!" 룰라가 의기양양하게 외친다. "YES!"

그녀는 박사의 손에서 앞가리개를 재빨리 채어 성좌 밑으로 내던진다. 그러고는 "YES"를 연신 외치며 가슴에 단 패치를 찢고 제단 촛대에 경의를 표한다.

무릎을 꿇은 룰라의 등 뒤를 미디엄 클로즈 쇼트로 잇는다. 이때 턱수염이 하얀 노인이 욕정에 못 이겨 별안간 뛰어들더니 엉덩이에 박힌 'NO' 둘을 뜯어내고 그녀를 성소 문으로 끌고 간다.

룰라는 노인의 뺨을 후려치고, 그를 완강히 밀어내고는 다시 풀 박사의 품에 안긴다.

"YES?" 그녀가 속삭인다.

"YES!" 박사가 우렁찬 소리로 화답한다.

둘은 미소를 띤 채 입을 맞추며 미닫이문 너머 캄캄한 데로 몸을 움직인다. 대주교는 그들이 성좌를 지날 때 몸을 낮추고 빈정거리듯 웃으며 박사의 어깨를 두드린다.

"쌍안경은 볼만하오?"

칠흑 같은 어둠에 월광이 비추는 야경을 디졸브로 잇는다. 로스앤젤레스 카운티 박물관의 유골더미가 배경에 잡힌다. 룰라와 풀 박사가 다정하게 안으며 컴컴한 흑암 속으로 들어간다. 여성을 좇는 사내와, 사내 위로 몸을 던지는 여인의 실루엣이 잠깐 보이다 사라진다. 〈성 금요일의 음악〉과 아울러, 끙끙 앓는 소리와 신음, 음란한 성행위로 터지는 괴성, 고통스런 희열에 길게 늘어진 아우성이 성하다 쇠해진다.

내레이션

조류를 생각해보라. 조류의 짝짓기는 매우 정교하고, 중세의 기사 못지않게 정중하기도 하다! 산란기를 맞은 암탉은 체내에서 생성되는 호르몬이 성욕을 심어주지만, 그 호르몬은 발정 난 암컷 포유류의 혈액을 도는 난소 호르몬보다 효력이 길긴 하지만 강하진 않다. 게다가 수탉은 내키지 않는 암컷에 욕정을 강요할 입장도 못 된다. 그런 까닭에 수컷의 깃털이 밝고, 구애 본능이 수컷의 전매특허가 된 반면, 수컷 포유류에게서는 이 같은 매력을 찾아볼 수 없게 된 것이다. 암컷 포유류의 성욕과, 수컷에 대한 호감이 전적으로 호르몬에 의해 결정된다면 구애를 앞두고 수컷미가 물씬 풍긴들 무슨 소용이 있겠는가?

인간은 1년 365일이 거의 다 짝짓기 철이다. 그러나 아가씨는 사내가 처음 들이대더라도 며칠은 구애를 받아주지 않는다. 선천적으로 프로그램화된 호르몬의 작용 때문인데, 물론 호르몬이 적은 양만

분비되기 때문에 변덕스런 사람이라면 선택의 여지가 아주 없진 않을 것이다. 그리하여 사내는 여느 포유류와는 달리 적극적으로 구애하는 편이 되었다. 하지만 감마선은 이를 송두리째 바꾸어 놓았다. 대를 이어온 남성의 신체·정신적 행동패턴이 크게 달라진 것이다. 이를테면, 현대과학이 대승하고부터 성교는 제 철이 생겼고, 낭만은 발정 탓에 쇠락했으며, 구애와 배려, 애정과 사랑은 모두 여성의 호르몬이 작용하는 짝짓기 충동으로 자취를 감추고 말았다.

이 시점에 마냥 행복에 잠긴 룰라와, 머리가 헝클어진 풀 박사가 어둠 속에서 모습이 드러난다. 잠시 짝을 찾던 건장한 사내가 성큼성큼 쇼트의 시야에 들어온다. 그는 룰라를 보고는 걸음을 멈춘다. 입은 헤벌쭉 벌어지고 눈이 확 커진다. 숨도 가빠진다.

풀 박사는 불청객을 힐끗 보고는 그녀에게 몸을 돌리지만 내심 긴장한다.

"이쪽으로 나가는 게 좋을 것 같……."

사내는 다짜고짜 달려들더니 그를 밀쳐내고, 박사가 나뒹그러지는 틈을 타 룰라를 두 팔로 안는다. 한동안 그를 뿌리쳐보려 하나 혈액에 섞인 호르몬이 '정언명법'을 강요한 탓에 그녀는 저항하지 않는다.

낯선 사내는 먹이를 만난 호랑이처럼 포효하고는, 룰라를 번쩍 들고 어둠 속으로 사라진다.

곧장 몸을 일으킨 박사는 녀석을 뒤쫓아 흠씬 두들겨 패주고 나서 가련한 여성을 구출해낼 심산으로 서둘러 걷는다. 그러나 두려움이 엄습하고 체면에 대한 강박이 얽히자 보폭은 점차 줄어든다. 설령 쫓아간다손 쳐도 그 무뢰한에게 뭘 되갚아줄 수 있을지도 모르겠고, 기골이 장대한 털보인지라⋯⋯ 그냥 가만히 있는 게 더 상책일지도 모를 일이다.⋯⋯ 박사는 걸음을 멈추고는 어찌할 바를 몰라 망설인다. 이때 아리따운 혼혈 아가씨 둘이 카운티 박물관을 뛰어나와, 구릿빛 팔을 풀 박사의 목에 감고 얼굴에는 키스를 퍼붓는다.

"이렇게 멋진 아저씨를 봤나." 둘이 허스키하게 속삭인다.

박사는 모친이 금기시했던 기억과, 시인과 소설가들이 노래한, 룰라에 대한 순정, 그리고 미적지근하고 유동적인 '인생의 물정' 사이에서 갈팡질팡한다. 도덕적인 갈등은 고작해야 4초 정도에 그친다. 예상하다시피, 박사는 현실을 택한다. 그도 씩 웃으며 답례로 입을 맞춘다. 후크 양이 들었다면 까무러치고, 어머니가 들었다면 거의 반은 죽일 법한 멘트를 중얼대며, 팔로 두 여인의 몸을 감싸고는 손으로 각자의 가슴을 애무한다. 누구에게도 털어놓지 못할 상상이라면 또 모를까, 몸소 불장난을 한 적은 여태 없었다. 교미로 거친 숨소리가 점점 커지다가 절정에 이른 뒤에는 곧장 사그라진다. 잠시 정적이 감돈다.

대수도원장과 포리, 장로 및 준사제 행렬과 함께 대주교와 패서디나의 족장이 근엄하게 등장한다. 풀 박사와 혼혈 아가씨가 눈에 띄자 걸음을 멈춘다. 족장은 역겹다는 듯 인상을 찌푸리며 바닥에 침을 뱉고, 그나마 마음이 좀 넓은 대주교는 빈정대듯 입꼬리를 올린다.

"풀 박사님!" 그가 특이한 가성으로 부른다.

박사는 마치 어머니가 부르는 소리를 듣기라도 한 듯, 찔리는 가슴으로 분주한 손을 내리며 짐짓 천연덕스런 표정을 짓는다. '그런데 이 아가씨들은 누굽니까? 오, 오해하진 마십시오, 저는 처자들 이름도 모릅니다. 고원지대에서 자생하는 민꽃식물에 대해 잠시 이야기를 나눴을 뿐인지라…….' 이것이 박사의 미소가 둘러대려는 바다.

"이런 멋쟁이……." 허스키한 목소리가 들린다.

풀 박사는 크게 헛기침을 하고는 말이 나오기가 무섭게 감싸려는 팔을 물리친다.

"우린 신경 쓰지 마시오." 대주교가 상냥하게 안심시킨다. "어찌하든 벨리알의 절기는 1년에 딱 하루뿐이니까요."

그는 관에 달린 금각에 손을 댔다가 풀 박사에게 다가와 머리에 안수한다.

"당신은 거의 기적처럼 순식간에 회심했소. 기적이라 해도 과언은 아닐 거요." 화술 전문가처럼 말이 번지르르하다. 돌연 말투가 달라진다. "그런 그렇고, 뉴질랜드 친구들이 마음에 걸리는 군요. 오늘 오

후에 비벌리힐스에서 어떤 무리를 봤다는 보고가 들어왔던데, 박사를 찾는 모양입디다."

"아마, 그럴 거요."

"하지만 선생은 찾지 못할 텐데요. 종교재판관 하나가 포리와 함께 그들을 마중하러 나갔소."

"그래서 어떻게 됐습니까?" 폴 박사가 초조하게 묻는다.

"매복하고 있다가 활을 쐈지요. 하나는 숨지고 나머지는 부상자와 함께 줄행랑을 쳤으니, 앞으로 성가시게 하는 일은 없을 듯하오. 하지만 이 문제는 확실히 매듭을 지어야 하니……."

그가 부하 둘을 손짓으로 부른다. "잘 들으시오, 구출해줄 사람도 없거니와, 탈출도 절대 금물이오. 혹시라도 이를 위반한다면 선생에게 책임을 묻겠소, 아시겠소?"

준사제 둘이 목례로 고갯짓을 한다.

"그럼 이제……." 대주교가 다시 박사 쪽으로 몸을 돌린다.

"돌연변이를 마음껏 낳을 수 있도록 자리를 비켜주어야겠군요."

그가 눈짓을 하며 박사의 뺨을 툭툭 친다. 그러고는 족장의 팔을 잡고 행렬과 함께 현장을 뜬다.

폴 박사는 물러나는 그들을 응시하다가, 경호원으로 지정된 준사제를 불편한 눈으로 힐끔 본다.

여자의 구릿빛 팔이 그의 목을 감싼다.

"이런 멋쟁이 아저씨를……."

"안 되오, 여기서는 안 되오. 저들이 보고 있질 않소!"

"그게 어때서요?"

미처 대꾸도 하기 전에 인생의 물정이 허스키한 음성으로, 체취를 풍기며, 어스름히 그를 포위해온다. 반은 주저하고, 반은 흔쾌히 만족하는 라오콘[58]처럼 풀은 팔다리가 얽히고설킨 채 향응을 받으며 어둠 속으로 사라진다. 준사제 둘은 혐오스럽다는 표정으로 동시에 침을 뱉는다.

내레이션

음영은 근엄하고 엄숙한 신부요……

불현듯 광기어린 아우성이 들린다.

내레이션

정원에 둔 양어못을 바라볼 때

(여기뿐 아니라, 정원은 모두 장어구멍과 반사된 달들로 벌집이 되어 있

---

58. 트로이 전쟁에서 그리스군의 목마의 계략을 알아차린 이유로 자식과 함께 아테나 여신이 보낸 두 마리의 바다뱀에 감겨죽는다.

다), 생각건대

갈퀴로 무장한 '무언가'가 보인다
나를 가격하려는 듯싶다.
거룩하고 신성한 나를 말이다!
마치 천상의 장어가
보드라운 진흙에서, 안에 있다가 나온 듯—
그러나 양심의 가책은 얼마나 따분한가!
가책을 느끼지 못하는 양심 또한 따분하기 그지없다!
양어못에 대한 두려움이
우리를 갈퀴로 끌어당기면 어떻게 될까? 그 '무엇'은 구타하고
불안한 사람인 나는 진흙탕에서
혹은 청명한 달빛 아래서, 다행히
내가 아닌 타인을 찾다가 결국에는
눈이 멀거나 찬란한 존재와 맞닥뜨리게 된다

쓸려온 모래 위에 잠이 든 풀 박사를 미디엄 쇼트로 연결한다. 그는 우뚝 솟은 콘크리트 벽과 지면이 닿은 곳에 누워있는데, 잠에 취한 경호원과는 대략 6미터 정도 떨어져 있다. 다른 경호원은 고전인 『포에버 엠버』에 심취해 있다. 해는 벌써 중천에 떴다. 풀 박사가 쫙 편 손 위로 기어가는 조그만 초록 도마뱀이 클로즈 쇼트로 잡힌다.

그는 뒤척이지도 않고, 죽은 듯 누워있다.

내레이션

당연히 알프레드 풀 박사가 아닌 누구라도 취침시간은 지극히 행복한 순간이다. 수면은 성육신의 전제조건이자, 내주하는 신이 활용하는 주요 수단이기 때문이다. 잠을 청할 때, 우리는 삶을 중단하고 이름 모를 타자를 통해 삶을 영위하게 된다(얼마나 다행인가!). 그는 온전한 정신을 회복하고는 학대와 자책으로 고통 받은 육신을 치유한다.

아침을 먹고 잠자리에 들기까지, 당신은 자연의 심기를 건드리고 '본질의 거울'이 있다는 사실을 짐짓 부인할지도 모른다. 그러나 화가 머리끝까지 난 원숭이도 결국에는 장난질에 지쳐 취침이 필요할 것이다. 수면 중에는 내주하는 동정이, 싫든 좋든, 그의 자살충동을 막아준다. 눈이 떠 있을 때 그는 미친 듯이 자살을 기도해왔다. 동이 트면 원숭이는 본연의 정신과, 의지의 자유에 — 하루치 장난이나, 마음만 있다면, 자아인식과 해방을 향한 첫 걸음에도 — 눈을 뜰 것이다.

여인의 웃음소리에 해설이 끊긴다. 잠을 자던 박사가 뒤척이자, 다시 박장대소가 터진다. 잠이 아주 달아난지라 그는 상체를 일으킨 채 당황한 기색으로 주변을 둘러본다. 거기가 어딘지도 잘 모른다. 누군가가 또 웃어젖힌다. 그쪽으로 풀 박사의 고개가 돌아간다. 그의 시각에서 롱 쇼트로, 밤을 보낸 두 연인이 사구 뒤로 질주하다가 카운티 박물관의 폐허로 들어간다. 총재가 그녀의 꽁무니를 좇아 달리고, 셋이 시야에서 사라진다.

자고 있던 준사제가 일어나 동료에게 고개를 돌린다.

"방금 무슨 소린가?"

"별것 아닐세." 그는 『포에버 엠버』에서 시선을 떼지 않고 대꾸한다.

이때 휑뎅그렁한 박물관 홀에서 카랑카랑한 아우성이 울려 퍼진다. 준사제들은 아무 말 없이 서로 시선을 교환하고는 동시에 침을 뱉는다.

다시 풀 박사가 등장한다.

"하느님이시여, 하느님이시여!" 그가 목 놓아 절규한다.

그러고는 두 손으로 얼굴을 감싼다.

내레이션

가슴을 갉작이는 양심과 모친의 무릎에서 배운 — 어머니는 무릎에 엎드린 나를(고개는 내리고 셔츠자락은 단정히 걷어 올린 채) 안타까운 마음에 기도하는 심정으로 심심찮게 볼기를 때리지만 그럴수록 나는 에로틱한 몽상에 잠기게 되고, 몽상에 젖어들 때면 후회가 찾아오고, 후회는 다시 처벌과

음욕으로 이어지게 된다 — 원칙은 숙취에 담아두라. 그러면 결국에는 쉽게 개종으로 이어질 수 있다. 하지만 무엇으로 개종한단 말인가? 이 가련한 친구는 신념에 무지하지 않은가? 이때 신념을 찾게 해줄, 의외의 인물이 등장한다.

해설자가 마지막 문장을 낭독할 때 룰라가 쇼트에 나타난다.

"알피!" 룰라가 반가운 표정으로 부른다. "얼마나 찾았다고요."

이때 두 사제가 잠시 등장한다. 성욕은커녕 혐오스럽다는 표정으로 그녀를 쳐다보고는 곧장 고개를 돌려 가래를 뱉는다.

박사는 '욕정을 해소한 용모'를 슬쩍 훑어본다. 하지만 죄책감에 더는 볼 수가 없다.

"좋은 아침이요." 그가 정중히 격식을 차린다.

"밤에…… 별고는 없었지요?"

룰라는 곁에 앉아, 어깨에 이고 온 가죽가방을 열어 빵 반조각과 큼지막한 오렌지 대여섯 개를 꺼낸다.

"요리를 많이 하는 건 상상도 못할 일이죠. 겨울이 돌아오기 전까지는 소풍기간이라고들 생각하니까요."

"그렇군요."

"어젯밤 후로 아무것도 안 드셨죠? 많이 출출하겠어요."

그녀가 씩 웃을 때 보조개가 드러난다.

민망한 박사는 얼굴이 붉어진 채 급히 화제를 바꾸려 한다.

"오렌지가 아주 먹음직스럽군요. 뉴질랜드에서는 농사가 영 시원치가 않죠. 물론……."

"받아요!"

룰라는 두툼한 빵을 건네주면서 한 줌 떼어내 하얗고 야무진 이로 베어 문다.

"맛있는데요." 그녀가 입안을 두둑이 채운 채 말을 잇는다.

"왜 안 드세요?"

폴 박사는 배가 고파 죽을 지경이었지만 티를 내고 싶지 않아 빵 껍질을 얌전히 먹는다.

룰라는 박사에게 바짝 달라붙고는 머리를 어깨에 기댄다.

"알피, 이제야 살맛이 나네요." 다시 빵을 물고는 대꾸가 나오기도 전에 말을 잇는다.

"다른 사람보다 당신 곁이 더 좋아요. 알피도 그런가요?"

그녀는 다정한 눈으로 박사와 시선을 교환한다.

룰라의 시각에서 도덕적인 문제로 심기가 불편해진 폴 박사의 표정이 포착된다.

"알피, 어디 아파요?"

"화제를 바꾸면 아마 좋아질 거요." 폴이 어렵사리 입을 연다.

룰라는 벌빵 일어나 묵묵히 그를 응시한다.

"알피는 생각이 너무 많아요. 생각 좀 그만해요. 그러니 재미가 없잖아요." 돌연 낯빛이 어두워진다. "생각하면……." 목소리가 낮게 깔린다. "아주 진저리가 나요. 살아있는 악마의 손아귀에 놀아난다는 건 정말 끔찍한 일이라구요. 폴리와 아기가 당한 걸 생각하면……."

그녀의 몸이 부들부들 떨린다. 룰라는 눈시울을 적시며 고개를 돌린다.

내레이션

눈물이 주르르 흐른다. 눈물은 인성이 있다는 방증으로, 이를 보는 사람은 죄책감보다 더 강력한 동정을 느끼게 된다.

풀 박사는 준사제가 지키고 있다는 사실을 까맣게 잊은 채, 그녀를 안고는 우는 아이를 달래 듯 뺨을 어루만지며 위로한다. 이윽고 룰라는 팔꿈치 안쪽에 잠잠히 머리를 기대고 있다. 그녀는 안도의 한숨을 쉬며 눈을 떠 연인을 바라본다. 애정 어린 표정으로 씩 웃자 보조개가 살짝 잡힌다. 분위기와는 어울리지 않은 장난기가 우물진 볼에 밴다.

"매일 꿈꾸던 날이 왔군요."

"정말이오?"

"이런 날이 올 줄이야……, 예전에는 상상도 할 수 없었죠. 당신을 만나기 전에는……."

룰라가 박사의 뺨을 어루만진다. "수염이 그만 자랐으면 좋겠네요. 사내는 다 똑같다고 생각했지만 지금은 아니에요. 알피는 특별한 사람이니까요."

"그렇게 특별할 것도 없소."

박사는 고개를 숙여 눈두덩과 목과 입술에 키스하고는, 의기양양하게 상남자다운 표정으로 시선을 내려 룰라를 본다.

"그렇게는 아니겠지만, 이렇게는 다르지요." 그녀는 박사의 볼을 다시금 쓰다듬는다. "이렇게 오붓하게 앉아 알피는 알피의 모습대로, 나는 나대로 이야기를 나눌 수 있으니까요. 여태 그런 적은 없었죠. 하지만…… 하지만……." 룰라가 말을 끊자 낯이 어두워진다. "혹시 호트라는 사람들에게 어떤 일이 벌어졌는지 아시나요?"

이번에는 생각이 많다는 점을 두고 박사가 반박할 차례다. 그는 제스처를 동원해가며 본인의 입장을 피력한다.

포옹하는 모습을 클로즈 쇼트로 잡은 뒤, 두 준사제로 장면이 바뀐다. 이들은 룰라와 풀의 모습이 역겹다는 듯 일그러진 얼굴로 지켜보고 있다. 둘이 침을 뱉자, 다른 준사제가 등장한다.

"예하의 명령을 전한다." 그가 손가락을 치켜 올린 두 손을 이마에 댄다. "짝짓기 기간은 종료되었으니 본부에 보고하라."

캔터베리호를 디졸브로 잇는다. 부상한 선원 하나가 어깨에 화살이 박힌 채, 밧줄에 들려 포경선에서 종범선 갑판으로 이동한다. 갑판에는 캘리포니아 궁수의 활에 당한 두 부상자가—왼쪽 다리를 다친 쿠드워스 박사와 후크 양—나란히 누워있다. 후크 양은 오른쪽 옆구리에 화살이 깊이 박혀있다. 의사는 매우 진지한 표정으로 환부를 본다.

"모르핀." 그가 조무사에게 주문한다. "가급적 빠른 시일 내에 수술을 해야 하네……."

한편, 우렁찬 명령이 떨어지자, 보조엔진이 가동되어 캡스턴[59]이 닻의 체인을 철컥철컥 감아올린다.

기척에 놀란 에델 후크는 눈을 뜨고 주변을 두리번거린다. 난감한 기색이 역력하다.

"박사님을 두고 떠난다는 건 아니겠죠? 그럴 수는 없어요, 절대로!" 그녀가 몸을 일으키려고 안간힘을 쓴다. 하지만 움직일 때마다 통증이 너무 심해 신음하며 다시 주저앉는다.

"진정해요." 의사가 탈지면에 알코올을 적셔 팔을 닦으며 달랜다.

---

59. 배에서 닻 등 무거운 것을 들어 올리는 밧줄을 감는 실린더

"박사님이 살아있을지 모르잖아요." 후크가 맥없이 항의한다.

"어떻게 박사님을 버릴 수가 있죠? 이대로 물러설 수는 없다고요!"

"움직이지 말고 가만히 있어요."

의사는 조무사에게서 주사기를 받아 바늘을 피부에 꽂는다.

룰라와 폴 박사가 디졸브로 연결될 때 체인 소리가 고막이 찢어질 듯 절정에 달한다.

"좀 출출하네요." 룰라가 상체를 세우며 말한다.

그녀는 배낭에서 남은 빵을 마저 꺼내어 둘로 쪼갠 뒤, 큰 쪽은 박사에게 주고 저는 작은 쪽을 배어 문다. 다 삼키고 나서 다른 쪽을 입에 넣으려는 찰나에 마음을 돌이킨다. 룰라는 고개를 돌려 애인의 손을 잡고 그에 입을 맞춘다.

"무슨 뜻이죠?"

룰라는 어깨를 으쓱거린다.

"글쎄요. 그냥 그러고 싶었을 뿐이에요."

빵을 씹으며 잠시 생각에 잠긴 듯싶더니 곧장 폴에게 시선을 돌린다. 예기치 못한 중요한 무언가를 깨달은 눈치다.

"알피, 당신 아닌 다른 사람에게 'YES'를 고백하고 싶진 않을 것 같아요."

풀 박사는 감동을 받았다는 표시로 상체를 숙여 그녀의 손을 제 가슴에 대고는 지그시 누른다.

"이제야 인생의 의미를 깨달은 것 같소."

"저도요."

그녀가 등을 기댄 사이, 박사는 돈을 한 번이라도 더 세려는 수전노처럼 손가락으로 룰라의 머릿결을 쓰다듬으며 타래와 타래를 가르고, 곱슬머리를 당겼다 놓기를 반복한다.

내레이션

그리하여 둘은 정서라는 변증법으로써, 일부일처제와 낭만적인 사랑이라 지어 붙인 호르몬과 인성의 합을 스스로 재발견했다. 그녀는 인성을 배제한 호르몬으로, 박사는 호르몬과 타협할 수 없는 인성으로 말이다. 원대한 통합이 처음으로 이루어진 것이다.

풀 박사는 지갑에 손을 넣어 어제 아궁이에서 주운 소책자를 꺼낸다. 몇 장 넘기더니 큰소리로 시구를 읊조리기 시작한다.

"'따스한 향기는 빛깔이 고운 드레스에서 풍기는 듯하고
헝클어진 머리칼과, 두툼하게 땋은 머릿단에서도 묻어나리
그녀가 달리는 바람에 머리가 풀리니

미풍은 그윽한 향기를 실컷 머금으리
자연의 향취는 오감이 아닌
영혼으로 맡을 수 있으니, 마치 불같은 이슬이
얼어붙은 봉오리의 가슴에 녹아내리듯이'"

"그게 뭐죠?"

"바로 당신이오!" 그가 상체를 숙여 머리에 입을 맞추며 속삭인다.

"영혼으로……, 자연의 향취는 오감이 아닌 영혼으로 맡을 수 있으니."

"영혼이라뇨?"

"음, 그건……." 박사는 주저하다가 작자 셸리의 답변을 직접 듣기로 하고 시를 마저 낭독한다.

"영혼이 서있는 자리를 보라, 필멸의 형상은
사랑과 생명, 빛과 신성, 그리고
달라지긴 하지만 절대 사그라지지 않는 몸짓을 입나니
밝은 영원의 심상과
금빛 꿈의 그림자요
영광은 제3의 천체를 조종하는 이도 없이 떠나니

영원한 사랑의 위성이 부드럽게 비친 반영과도 같고…….”

“뭔 소린지 하나도 모르겠군요.” 룰라가 불평한다.

“어제까지는 나도 그랬소.” 풀 박사가 룰라를 보며 씩 웃는다.

2주 후, ‘지극히 부정한 곳’의 바깥 풍경을 디졸브로 연결한다. 수염을 기른 사내와 단정치 못한 여인 수백 명이 이열로 서서 성소 앞에서 차례를 기다리고 있다. 카메라가 지저분하고 눈이 흐릿한 얼굴을 차례로 훑고는 마침 미단이문을 나오는 룰라와 풀 박사를 포착한다.

내부는 온통 침울하고 적막하다. 얼마 전까지만 해도 사방을 활보하던 사티로스와 님프가 망연자실한 채 둘씩 짝을 지어 제단을 지나간다. 제단에 놓인 장대한 촛대의 불은 방금 소등기로 빛을 잃었다. 대주교가 자리를 뜬 성좌 밑에는 버려진 ‘일곱 번째 계명’이 수북이 쌓여있다. ‘풍속’을 담당한 대수도원장이 남자에게는 앞가리개를, 여자에게는 앞가리개와 둥근 패치 넷을 건넬 때마다 줄을 선 사람들이 앞으로 천천히 이동한다.

“측문으로 나가시오.”

앞가리개를 받은 남녀가 족족 측문으로 나가고 차례가 된 룰라와 풀 박사가 등장한다. 햇빛이 밝은 바깥 현장에서는 준사제 십 수 명이 분주하게 일하고 있다. 바늘과 실로 앞가리개를 허리띠에 꿰매고,

패치는 엉덩이와 셔츠 앞면에 단다.

카메라가 룰라 앞에서 멈춘다. 그녀가 탁 트인 공간에 들어서자 토겐베르크 카속을 걸친 젊은 사제 셋이 다가온다.

앞가리개는 먼저 온 사람에게, 패치는 나머지 둘에게 준다. 셋은 이를 받자마자 일사불란하게 작업한다. NO, NO, NO.

"돌아서시오."

룰라는 마지막 패치를 건네고 돌아선다. 앞가리개 담당자가 풀 박사에게 가자, 다른 둘은 부지런히 바느질을 마감한다. 약 30초 만에 그녀의 뒷모습은 정면 못지않게 보기가 흉했다.

"여기는 끝냈소!"

"여기도요!"

두 재단사는 양쪽으로 비켜선다. 패치가 클로즈 쇼트로 잡힌다. NO NO. 다시 준사제로 장면이 바뀐다. 그들은 동시에 침을 뱉으며 (기분이 더러우면 으레 그런다) 성소 입구로 고개를 돌린다.

"다음 나오시오."

떼려야 뗄 수 없는 혼혈 아가씨 둘이 낙심한 표정으로 한 걸음 한 걸음 내딛는다.

다시 풀 박사가 카메라에 잡힌다. 앞가리개와, 2주간 기른 턱수염을 달고 룰라가 있는 곳에 이른다.

"이쪽으로 오시오." 새된 소리가 들린다.

둘은 묵묵히 다른 줄 끝에 선다. 체념한 듯 보이는 200~300명이 '공사'를 맡은, 재판소장 수석보좌관에게서 임무를 배정받기 위해 기다리고 있다. 뿔 셋을 달고, 자넨에서 건너온 흰 사제복이 인상 깊은 그는 큼지막한 테이블에 뿔이 둘 달린 포리와 함께 앉아있다. 테이블 위로 프로비덴셜 생명보험 사무실에서 회수해온 철제 캐비닛 몇 개가 눈에 띈다.

몽타주 쇼트가 20초간 연출된 후, 룰라와 풀 박사가 '권위'의 원천을 지나 담당자 앞에까지 이른다. 재판소장 특별보좌관이 클로즈 쇼트로 이어진다. 그는 박사를 보며 남부 캘리포니아 대학 행정처에 마련된 사무실에 가서 영농담당자에게 보고하라고 주문한다. 식물학자인 풀이 조그만 터에 자리 잡은 연구실에서 농작물을 실험하고, 단순노동을 위해 인부 넷이 충원된다는 점은 보좌관도 알게 될 것이다.

"추가 인력은 네 명까지요." 고위 성직자인 보좌관이 일러준다. "평소 같으면……."

룰라가 대화에 불쑥 끼어든다.

"저도 거기서 일하고 싶습니다. 제발 넣어주세요."

특별보좌관은 그녀를 한참 쏘아보고는 포리에게 이야기한다.

"부정한 영혼을 담는 이 젊은 그릇은 도대체 누구인가?"

이때 포리 중 하나가 서류함에서 룰라의 신상카드를 꺼내어 관련 정보를 들려준다. 나이는 열여덟, 지금껏 출산한 적은 없다. 규정된

기간 외에 악명 높은 호트와 어울렸다는 제보가 접수되었는데, 그는 체포 당시 저항한 대가로 제거되었다. 그 후로 이 그릇은 품행이 그럭저럭 준수했으며 부정을 입증한 사례는 딱히 없었다. 작년에는 묘지 발굴 인력으로 채용되었고, 앞으로도 유사한 작업에 투입될 예정이다.

"하지만 전 알피와 일하고 싶어요." 룰라가 조른다.

"이게 민주주의라는 걸 잊은 모양이군……."

"민주주의는……." 동료가 덧붙인다. "프롤레타리아가 명실상부한 자유를 누리는 사상이지."

"그래 진정한 자유 말이야."

"프롤레타리아의 자유를 만끽하는 거야."

"프롤레타리아의 말은 곧 악마의 말씀이요."

"물론 악마의 말씀은 교회의 말이요."

"교회의 대표는 바로 우리다."

"너도 알 텐데."

"하지만 묘지는 이제 싫어졌다고요. 기분도 전환할 겸 생명이 깃든 걸 파보면 안 될까요?" 룰라가 고집을 부린다.

잠시 침묵이 흐른다. 특별보좌관은 상체를 숙여 걸상 밑에 있던 커다란 황소 음경으로 만든 채찍을 들고는 테이블에 놓는다. 눈길이 부하에게 쏠린다.

"내 기억으로는 프롤레타리아의 자유를 거부하는 그릇은 누구든 스물다섯 대의 태형에 처하는데, 맞는가?"

분위기가 다시 썰렁해진다. 창백한 낯에 눈이 부리부리한 룰라는 채찍을 보자 시선을 피한다. 어떻게든 변명해보려 하지만 말문이 막혀 침만 꼴깍 삼키다 다시 입을 연다.

"거부할 생각은 추호도 없습니다. 저도 자유를 누리고 싶으니까요."

"그럼 자유롭게 묘지에서 일하겠나?"

룰라가 고개를 끄덕인다.

"훌륭한 그릇이군!"

룰라는 풀 박사를 바라본다. 둘은 말없이 시선을 교환한다.

"잘 가요, 알피."

"룰라도요."

이윽고 그녀는 고개를 떨어뜨리며 발길을 옮긴다.

"그럼 하던 말을 마저 해야겠군요." 특별보좌관이 말을 잇는다. "평소 같으면 추가 인력은 기껏해야 둘뿐이오. 이해하시겠소?"

박사는 머리를 까딱거린다.

남부 캘리포니아 대학 2학년생이 기초생물학을 공부했던 연구실을 디졸브로 연결한다. 싱크대와 테이블뿐 아니라, 분젠버너[60]와 저

---

60. 1855년 독일의 R. W.분젠이 상용화한 가스버너. 주로 화학실험용으로 이용된다.

울, 쥐와 기니피그 우리 및 올챙이용 유리항아리도 보존되어 있다. 물론 뭣에든 먼지가 더께로 덮이고 여기저기 널브러진 가운데, 금방이라도 부스러질 듯한 나일론 바지와 스웨터, 그리고 모조 보석과 브래지어를 걸친 여섯 구의 유골이 누워있다.

문이 열리고 풀 박사가 들어온다. 영농담당자도 뒤따라 입장한다. 그는 수염이 하얗고 손수 짠 바지와 일반 앞가리개와 모닝코트를 걸친 노인인데, 특히 코트의 주인은 20세기 영화계의 중역을 보필했던 영국인 집사였을 것이다.

"좀 누추합니다." 담당자가 미안해한다. "오늘 오후에는 유골을 다 치우고, 테이블과 바닥 먼지는 다른 인력이 털고 닦을 겁니다."

"그러면 되겠군요."

일주일 후의 연구실이 디졸브로 이어진다. 유골은 다 치웠고, 인력 덕분에 바닥과 벽과 가구도 깨끗한 편이다. 세 귀빈이 박사를 찾아왔다. 네 뿔을 달고, 몰록학회의 갈색 앵글로누비안 의복을 걸친 대주교는 총재 옆에 자리를 잡았다. 총재는 숱한 훈장이 박힌 미 해군 소장의 제복을 입고 나타났는데, 제복은 최근 포레스트 론 공원묘지에서 파낸 것이었다. 종교와 정치를 관장하는 두 수장 뒤에는 격식에 맞게 거리를 둔 영농담당자가 좌측에서 집사 행색으로 앉아있다. 풀 박사는 마주 앉아, 마치 특권층을 상대로 연구결과를 발표하려는 프랑스 학술위원처럼 자세를 잡는다.

"그럼 시작할까요?"

두 수장은 서로 시선을 교환하다가 동시에 고개를 끄덕인다. 박사는 문헌을 펴고 안경을 고쳐 쓴다.

"남부 캘리포니아의 토양침식과 식물병리학에 대한 재고. 영농실태와 향후 해결방안에 관한 예비 보고서 포함. 저자, 오클랜드 대학교 식물학과 조교수 알프레드 풀 박사." 그가 큰소리로 낭독한다.

이때 샌 가브리엘 산맥의 비탈을 디졸브로 잇는다. 자갈이 널린 비탈면은 도처에 듬성듬성 깔린 선인장을 빼면 벌거숭이나 다름없고 따가운 햇볕 아래 심히 훼손되어 있다. 곁가지를 친 도랑이 산허리의 주름을 이룬다. 일부는 침식된 지 얼마 되지 않았지만 깊이 팬 곳도 더러 있다. 절반이 침수된 저택은 기묘한 무늬가 아롱진 협곡 끝자락에 불안불안 서있고, 산기슭 아래 평원에는 죽은 호두나무가 연일 내린 비로 묻혔다가 마른 진토위로 모습을 드러낸다.

쇼트 너머로 풀 박사의 낭랑한 육성이 들린다.

"공생관계인 두 유기체는 상부상조하게 마련입니다. 반면 기생의 특징은 상대 유기체의 희생으로 연명해간다는 것인데, 이처럼 일방적인 관계가 양자 모두의 생명을 위협할 수 있다는 사실은 이미 입증되었습니다. 숙주가 죽으면 기생하는 유기체도 더는 살 수가 없기 때문입니다. 현대인과 지구의 관계를 거론하자면, 최근까지 인간은 주인을 자처해온 까닭에 공생하는 동반자라기보다는 기생충이 득실

거리는 개와 촌충의 관계요, 병충해로 말라죽은 감자와 균류의 관계인 셈입니다."

총재가 카메라에 잡힌다. 검고 곱슬곱슬한 수염이 에워싼 빨간 입술이 쫙 벌어지자 하품이 나온다. 쇼트 너머로 풀 박사가 마저 발표한다.

"현대인은 천연자원을 훼손하면 문명이 몰락하고 인류가 멸종한다는 명백한 사실을 외면한 채 자손대대로 그렇게 지구를 남용해왔습니다……."

"좀 더 간명하게 말해주시겠소?" 총재가 당부한다.

풀 박사의 심기가 불편해진다. 그러나 이 야만인에게 본인은 보호관찰 대상인 포로라는 사실을 깨닫고는 억지웃음을 보인다.

"그럼 이야기를 접고, 식물병리학 부문으로 건너뛰는 것이 나을지도 모르겠군요."

"간단명료하다면 그렇게 하시오."

"조급한 성미는 벨리알이 선호하는 악습 중 하나죠." 대주교가 훈계조로 지껄인다.

한편, 풀 박사는 서너 장을 넘기며 발표를 재개한다.

"기존의 토질을 감안해볼 때 주요 농작물이 튼실하다 해도 면적당 수확량은 매우 저조할 듯싶습니다. 물론 농작물이 튼실한 것도 아닙니다. 밭에 심은 작물을 조사하고, 저장된 곡식과 과일 및 덩이줄기를 살펴보고, 그 사태 이전에 쓰던 현미경으로 표본을 관찰해 보니, 이 지역에 널리 확산된 병충해의 종류와 숫자에 대한 답은 딱 하나라고 자부합니다. 이를테면, 세균탄을 비롯하여, 박테리아가 함유된 분사제와 보균 진딧물 및 곤충을 수백 종씩 방사하여 농작물을 고의로 감염시켰다는 것입니다. 그러지 않고서야 전염성이 강한 기베렐라 사우비네티와 푸치니아 그라미니스뿐 아니라, 피토프토라 인페스탄스와 신치트리움 엔도비오티쿰이 기승을 부리고 있다는 사실을 어떻게 해명하겠습니까? 바이러스로 감염되는 모자이크병[61]이나 바실루스 아밀로보루스와 바실루스 카로토보루스, 슈도모나스 시트리는 말할 것도 없고, 슈도모나스 투메파시엔스도 설명이 안 되며 박테리움과……."

열거가 시작될 무렵부터 대주교가 끼어든다.

"그러니까, 사람들이 아직도 벨리알을 영접하지 않았다는 말 아니오?!" 그가 고개를 흔든다.

"그 좋은 머리로 고등교육까지 받았다는 작자가 편견 때문에 눈이 멀다니…… 정말 놀라울 따름이오."

"예, 예, 이제 알았으니, 거두절미하고 그만 본론으로 들어갑시다.

---

61. 수백 가지의 다양한 바이러스 균주에 의해 생기는 식물의 병. 보통 잎에 밝고 어두운 녹색 또는 노란색의 반점이나 줄무늬 등이 생긴다.

그래서 어쩌겠다는 말입니까?" 총재가 조급해 한다.

풀 박사는 목청을 가다듬는다.

"매우 고된 작업이 장기간 지속되어야 할 겁니다." 그가 당당히 주장한다.

"식량을 당장 늘릴 수 있는 묘안은 없소? 어떻게든 올해에 거둬들여야 하니 말이오."

풀은 살짝 겁이 났지만, 병충해에 강한 종자는 10~12년 안으로는 재배도, 검증도 어렵다는 사실을 털어놓아야 했다. 토양도 문제였다. 침식작용이 토지를 파괴하니 어떻게든 이를 막아야 했으며, 재배지를 조성하고 배수로를 파고 퇴비를 만드는 작업도 매년 쉬지 않고 진행되어야 했다. 아울러 과거에는 인력과 장비가 많았지만 정작 비옥한 토양을 보전하는 데 필요한 일은 하지 못했다는 점도 꼬집었다.

"못해서 그런 게 아니오." 대주교가 대꾸한다. "실은 그러고 싶지 않았기 때문이라오. 제3차 세계대전이 터지기 전까지만 해도 시간과 장비가 넉넉했소만 사람들은 정치권력으로 유희를 즐겼지요. 그게 어떤 결과를 초래했는지 아시오?" 그는 불룩한 손가락을 하나씩 세가며 말을 잇는다. "영양실조 환자가 늘었고, 정국도 더 불안해졌고, 과격한 민족주의와 제국주의가 판을 치다가 결국 그 사태가 벌어지게 된 거요. 그런데 왜 자멸을 선택했을까요? 그게 바로 벨리알의 뜻이었소. 당신이 주인으로써…….”

총재가 손을 든다.

“그만 하십시오, 그만. 지금은 ‘변증법’이나 ‘자연악마론’ 시간이 아니잖소. 우린 해결책이 필요합니다.”

“외람되지만, 오랜 시간이 필요합니다.”

“얼마나요?”

“글쎄요, 5년이면 침식은 방지할 수 있을 것 같고, 10년 후면 원래 토질의 70퍼센트는 회복되지 않을까 싶습니다. 50년 정도가 지난다면야…….”

“50년 후라면…….” 대주교가 받아친다. “기형아 출생률이 갑절로 뛸 것이고, 100년이 지나면 벨리알의 승리가 확실시될 거요. 마침내 승리할 거란 말이오!” 그는 아이처럼 킥킥대다가 뿔 모양을 한 손을 이마에 대며 자리에서 일어난다.

“어쨌든 저는 이 양반이 하는 일이라면 뭐든 대찬성입니다.”

할리우드 묘지가 디졸브로 연결된다. 기념비를 트러킹 쇼트로 잡는데, 앞서 본 적이 있는 묘지라 장면이 익숙해졌다.

헤다 바디의 조각상을 미디엄 클로즈 쇼트로 잇는다. 카메라가 얼굴에서 발끝까지 내려오면서 받침돌과 명문을 잡는다.

“정다운 별명은 국민여친 1호로…… 그대는 큰 꿈을 품으라.”

쇼트 너머로 삽질하는 소리가 들린다. 흙을 파낼 때마다 자갈과 모래가 달각거린다.

카메라를 뒤로 당기자, 깊이가 1미터 가량 되는 구덩이에서 진땀을 빼며 땅을 파는 룰라가 보인다.

발자국 소리에 고개가 돌아간다. 앞서 등장했던 플로시가 쇼트에 들어온다.

"일은 잘 돼가?"

룰라는 입을 다문 채 고개를 끄덕이며 손등으로 이마를 닦는다.

"건질만한 게 나오면 알려줘."

"한 시간은 더 파야 할 것 같은데." 룰라가 침울한 말투로 대꾸한다.

"힘내." 플로시는 격려사를 낭독하는 사람처럼 진심을 전한다.

"기를 쓰고 해라. 일개의 그릇도 사내 못지않다는 걸 보여주란 말이야! 열심히 하다 보면 감독관이 나일론 스타킹은 챙기게 해줄지 누가 알겠어? 참, 이건 아침에 건진 거야!"

그녀는 여자라면 눈독을 들일 법한 전리품을 주머니에서 꺼낸다. 푸르스름하게 바랜 발가락 주변만 빼면 흠잡을 데 없는 스타킹이다.

"와!" 룰라가 부러운 마음에 탄성을 지른다.

"그럼 뭐해, 보석은 구경도 못했는데." 플로시는 스타킹을 도로 집어넣으며 하소연한다.

"결혼반지나 녹슨 팔찌 중 하나만 건져도 좋으련만."

그녀는 백색 대리석으로 제작한 국민여친 1호의 배를 가볍게 두드린다.

"이제 가봐야겠다." 난 빨간 돌십자가 아래에 묻힌 그릇을 파내고 있는데, 그 외 있잖아, 북문 근방에 있는 큰 돌십자가 말이야.

룰라가 고개를 까딱인다.

"대박이 터지면 언제든 달려갈게."

포동포동한 플로시가 휘파람으로 〈경이로운 뿔을 생각할 때〉를[62] 노래하며 쇼트에서 사라진다. 룰라는 한숨을 쉬며 다시 삽을 든다.

매우 부드러운 음성이 그녀의 이름을 부른다.

룰라는 열심히 흙을 파내다가 소리가 나는 쪽으로 고개를 돌린다.

그녀의 시각에서 본 풀 박사가 미디엄 쇼트로 잡힌다. 그는 루돌프 발렌티노의[63] 무덤 뒤에서 조심스레 나온다.

다시 룰라로 장면이 바뀐다.

얼굴이 상기되었다가 죽은 듯 창백해진다. 가슴에 손을 댄다.

"알피." 모기가 내는 듯한 소리다.

박사가 쇼트에 들어온다. 무덤 안으로 뛰어들자마자 말없이 연인

---

62. 원곡은 〈주 달려 죽은 십자가When I survey the Wondrous Cross(찬송가 149장)〉인데, 작품에서는 'Cross십자가' 대신 'Horns뿔'을 넣었다. 작가가 상상한 노래

63. 이탈리아 출신의 미국 영화배우(1895년 5월 6일~1926년 8월 23일)

을 껴안는다. 룰라는 격정적인 키스를 나누고는 폴의 어깨에 얼굴을 묻는다.

"다시는 못 보는 줄 알았어요." 그녀의 목소리가 떨린다.

"왜 찾아온 거죠?"

박사는 다시 입을 맞추고, 쭉 뻗은 팔 끝으로 양어깨를 잡은 채 얼굴에 시선을 고정한다.

"왜 울고 있소?"

"눈물을 참을 수가 없어요."

"오늘이 더 아름답군요."

룰라는 말을 잇지 못하고 고개만 흔든다.

"웃어봐요."

"못하겠어요."

"웃어요, 웃는 모습이 보고 싶소."

"뭘 보고 싶다고요?"

"웃는 얼굴이요!"

그녀는 박사를 보며 애처로운 표정으로 어렵사리 웃음짓는다.

볼에 팬 보조개는 슬픔으로 기나긴 겨울잠에 들었다가 점차 드러난다.

"그래요, 바로 그거요!" 폴이 기쁨에 겨워 외친다.

그는 점자로 된 헤릭의 소설을 읽는 맹인처럼 연인의 뺨을 섬세하게 더듬는다. 그제야 안면의 힘이 좀 풀리고 보조개는 손가락의 감촉으로 더 깊이 우물진다. 그도 기분이 좋아 마냥 웃는다.

때마침 〈경이로운 뿔을 생각할 때〉를 연주하는 휘파람 소리가 '피아니시모' 및 '피아노'에서 '메조 포르테'로 점차 커진다.

룰라의 얼굴에 두려운 기색이 역력해진다.

"서둘러요! 빨리요!"

풀 박사는 의외로 민첩하게 발을 디뎌 무덤을 빠져나온다.

플로시가 다시 쇼트에 들어올 무렵, 박사는 아무 일 없다는 듯 자연스런 자세로 국민여친 1호의 기념비에 몸을 기댄다. 발치 아래 구덩이에서는 룰라가 미친 듯이 흙을 파내고 있다.

"30분 뒤면 점심이라, 작업을 마무리하고 있다는 이야기를 까먹고 안 했네." 플로시가 입을 연다.

이때 풀 박사를 본 그녀, 소리를 지르며 기겁한다.

"안녕하시오." 박사가 정중히 인사한다.

침묵이 흐른다. 플로시는 어안이 벙벙한 표정으로 풀과 룰라를 번갈아 본다.

"여기서 뭐하는 거예요?" 석연치가 않다는 듯 묻는다.

"성 아사셀 성전에 가려던 참이었소. 전갈을 읽어보니 대주교가 날더러 신학생 강좌에 참석해달라고 합디다. 주제는 '역사에 나타난 벨리알'이라고……."

"거길 그렇게도 가는군요."

"총재가 어디 있는지 아시오?"

"여기엔 없어요."

분위기가 썰렁해진다.

"빠른 걸음으로 찾아보리다. 아가씨들 일하는 데 내가 괜히 끼어들었나보오. 그럼 안녕히 계시오, 또 봅시다." 표정은 밝지만 연기라 아주 어색하다.

그는 두 아가씨에게 인사하고 태연한 척 자리를 뜬다.

플로시는 그를 묵묵히 바라보고는 홱 돌아선다.

"이봐!"

룰라는 작업을 중단하고 무덤에서 그녀를 올려다본다.

"왜 그러는데? 플로시." 그녀 역시 아무것도 모른다는 표정으로 묻는다.

"왜 그러냐고?" 조롱하는 듯 반문한다. "앞가리개에 뭐라고 써있지?"

룰라는 고개를 내려 가리개를 보고 다시 플로시에 시선을 둔다. 민망한지 얼굴이 붉어진다.

"뭐라고 써있냐니까!" 통통한 그녀가 다그친다.

"NO잖아!"

"패치에는?"

"NO!"

"그럼 뒤에 단 패치에는?"

"NO!"

"NO, NO, NO, NO, NO, 죄다 NO뿐이지." 플로시가 열변을 토한다. "율법에 NO라고 하면 열외 없이 금지라는 건 너도 잘 알 텐데?"

룰라는 말없이 고개만 끄덕인다.

"그렇다고 말해봐." 플로시가 재촉한다. "빨리."

"알아, 나도 안다구." 겨우 들릴만한 소리로 대꾸한다.

"좋아. 그럼 모르는 척하기 없기다. 저 외국인 호트가 또 기웃거리면 나한테 말해. 내가 감시할 테니까."

성 아사셀 성전 내부가 디졸브로 연결된다. 한때는 과달루페 성모의 성전이던 이곳은 껍데기만 몇 번 개조했을 뿐이다. 예배당에 가면 석고로 제작된 성 요셉과 막달레나 마리아, 파두아의 성 안토니오 및 리마의 성 로즈를 볼 수 있는데, 뿔을 단 것도 모자라 전신을 온통 붉은 페인트로 물들여 놓았다. 중앙 제단은 십자가만 달라졌다. 삼나무를 깎아 만든 거대한 뿔 한 쌍에 반지와 손목시계, 팔찌, 목걸이, 귀고리 등이 걸려있다. 유골과 허물어진 보석상자에서 찾아냈거나, 묘지에서 도굴해낸 것들이다.

성전 본당에는 50명 남짓한 신학생이 토겐베르크 복장을 하고 고개를 숙인 채 앉아있다. 첫째 줄 중간에 있던 풀 박사는 수염이 덥수룩한 데다, 트위드 코트를[64] 걸쳐 당최 조화가 맞질 않았다. 마침 대주교가 강단에서 결론을 내린다.

"질서의 세상에서는 간절히 바라면 살 수 있었으나, 벨리알의 세상에서는 애당초 죽을 수밖에 없으며 종국에 가서는 사망으로 이어질지어다. 아멘."

긴 침묵이 흐른 뒤, 수련 수사장이 일어난다. 신학생도 무릎을 펴자 모피가 치렁거린다. 그들은 둘씩 짝을 지어 서쪽에 튼 문으로 점잖게 걸음을 옮긴다.

풀 박사도 따라가려는 순간 앳된 목소리가 그를 부른다.

돌아서자, 강단에서 손짓하는 대주교가 보인다.

"강의는 어땠소?" 박사가 다가올 때 그가 새된 소리로 묻는다.

"아주 훌륭했습니다."

"진심이오?"

"정말입니다."

대주교는 만족스러운 듯 씩 웃는다.

"훌륭하다니 기분은 좋구려."

"19~20세기의 종교에 대한 말씀이 특히 마음에 와 닿았습니다. 『예레미야』에서 『사사기』로, 개인성이자 보편성에서 민족주의적인

---

64. 간간이 다른 색깔의 올이 섞여 있는 두꺼운 모직 천

내분으로 퇴보했다는 대목 말입니다."

대주교가 머리를 끄덕인다.

"그래요, 위기일발이 따로 없었지요. 인류가 개인성과 보편성을 고집했더라면 만상의 질서와 조화를 이루었을 테고, 그러면 파리대왕은 끝장이 났을 거요. 하지만 다행히 벨리알은 수많은 동맹을—민족과 교회 및 정당—거느리며 저들의 편견을 선용해왔소. 물론 이데올로기도 예외는 아니었지. 저들이 핵폭탄을 개발했을 때 벨리알은 인간의 정신을 기원전 900년 이전으로 되돌려 놓았지요."

"그리고……." 박사가 덧붙인다. "동양과 서양의 접촉도 공감이 가더군요. 두 세계가 최악의 시나리오를 선택하게 된 경위 말입니다. 이를테면, 동양은 서양의 민족주의와 군비, 영화 및 마르크스주의를, 서양은 동양의 폭정과 미신, 그리고 사생활에 대한 무관심을 선택했으니 한마디로, 벨리알은 인류가 두 세계의 가장 나쁜 것만 골라잡도록 유도한 것이 분명합니다."

"최선을 선택했다면 어떻게 되었겠소!" 대주교가 카랑카랑 쇳소리로 탄성을 지른다.

"동양의 신비주의는 서양과학의 적절한 활용을 분명히 짚어둘 것이고, 동양의 처세술은 서양의 에너지를 개량할 것이며, 서양의 개인주의는 동양의 전체주의를 누그러뜨리지 않겠소." 그는 치가 떨린다는 듯 고개를 절래절래 흔든다.

"그랬다면 천국이 도래했을 거요. 다행히 벨리알의 은혜가 다른 신의 것보다 위대했으니 망정이지."

대주교는 새된 소리로 웃다가, 박사의 어깨에 손을 얹으며 제의실로 동행한다.

"알다시피, 난 박사가 참 마음에 드오." 칭찬을 들은 풀은 쑥스러워 우물댄다.

"머리도 좋은 데다 고등교육까지 받았으니 우리가 모르는 것을 다분히 알고 있겠지요. 나도 박사가 필요하고, 박사도 내가 필요할 거요. 물론 우리 중 하나가 된다면 말이오."

"우리 중 하나라니요?"

"말 그대로 우리 중 하나요."

박사의 얼굴이 클로즈업될 때 알았다는 표정을 지으며 실망스럽게 탄식한다. "아!"

"이실직고하리다. 수술시 사고가 날 가능성이나 통증이 아주 없는 건 아니오. 하지만 일단 사제에 편승만 한다면 그깟 위험이나 불편 따위는 아무것도 아닐 거요. 아울러 기억해두어야 할 점은……."

"하지만, 예하……."

대주교는 통통하고 축축한 손을 든다.

"잠깐만요." 그가 가차 없이 말을 자른다.

박사는 표정이 하도 섬뜩해서 사과한다.

"죄송합니다."

"괜찮소, 풀, 괜찮소."

대주교가 다시금 상냥하고 정중한 태도를 보인다.

"그러니까, 마저 이야기를 하지요. 꼭 기억해두어야 할 점은 생리 전환 수술만 받으면 모든 유혹에서 벗어날 수 있다는 거요. 돌연변이가 아닌 사내라면 늘 유혹이 따르게 마련이지요."

"아무렴요, 지당하신 말씀입니다만, 장담컨대……."

"유혹을 두고는 어떤 것도 장담할 수가 없소." 대주교가 훈계조로 지적한다.

얼마 전 묘지에서 룰라를 잠깐 만났던 기억이 떠오르자 얼굴이 붉어진다.

"너무 단정적인 발언이 아닌가 싶습니다." 박사도 맞는 말인지 확신은 서지 않았다.

대주교가 고개를 가로젓는다.

"그 문제라면 아무리 단정한들 지나치다 싶진 않을 것이오. 유혹에 넘어가면 어떻게 되는지 알려드려야겠군요. 매일 황소채찍과 매장분대가 불철주야로 대기하고 있죠. 그래서 우리의 순리에 합류하라고 조언, 아니, 간청하는 거 아니겠소. 이게 다 박사의 안녕과 행복을 위한 길이오."

주변이 조용해진다. 풀 박사는 침을 꼴깍 삼킨다.

"생각할 시간이 좀 필요할 것 같습니다." 그가 어렵사리 입을 연다.

"물론이요, 물론 그래야죠." 대주교가 동감한다.

"천천히 숙고해보시오. 일주일 정도……."

"일주일이요? 1주일은 너무 짧은 것 같습니다."

"그럼 2주는 어떻소?" 풀 박사가 고갯짓을 한다.

"4주는? 6주도 좋소. 내가 뭐 아쉬울 게 있나, 다 박사가 걱정돼서 하는 소리지." 그는 풀의 어깨를 가볍게 두드린다. "진심이오, 난 당신이 걱정된단 말이오."

실험실로 꾸민 정원에서 작업 중인 풀 박사가 디졸브로 연결된다. 토마토 묘목을 좀 더 넓은 곳에 내다 심고 있다. 벌써 6주 정도가 흘렀다. 갈색 수염은 몰라보게 수북해졌고 트위드 코트와 플란넬 바지는[65] 지난번보다 훨씬 더 더럽다. 웃옷은 손수 짠 회색 셔츠를 입고 구두는 동네에서 만든 모카신을[66] 신었다.

묘목을 다 심은 박사는 허리를 쭉 펴고서 스트레칭도 하고 아픈

---

65. 플란넬로 만든 스포티한 바지로 블레이저나 여벌 상의와 짝지어서 나들이옷으로 착용한다.

66. 신창과 갑피를 한 장의 가죽으로 하여 뒤축이 없게 만든 구두

허리도 주무르며 정원 끝자락으로 천천히 걸어간다. 거기서 가만히 경치를 관망한다.

롱 쇼트로 촬영한다. 육안으로 보이는 바와 같이, 버려진 공장과 허름한 가옥이 넓은 시야에 들어오고 먼 뒤로는 첩첩이 이어진 산맥이 동쪽으로 갈수록 멀어진다. 남색 음영이 드리워지고, 황금을 수놓은 듯한 햇빛이 찬란하게 비치니 멀리 뵈는 것도 볼록거울에 맺힌 상처럼 작지만 또렷하게 부각된다. 전방은 거의 수평으로 뻗은 빛이 섬세한 양각으로 완성한 점묘화를 보는 듯하다. 바싹 말라 민둥민둥해진 땅조차도 예사롭지 않게 질감이 풍부하다.

내레이션

세상이 인위적으로 아름다워 보일 때가 간혹 있는데, 바로 지금이 그렇다. 마치 만상에 서린 정신이 껍데기에 숨은 초자연적인 실상을 보고자 하는 자를 위해 급작스레 이를 구현해내려는 경우처럼 말이다.

풀 박사의 입술이 움직이자 조그맣게 중얼대는 소리가 들린다.

"사랑과 미와 환희를 위해서라면[67]

---

67. 셸리의 시, 〈감수성이 풍부한 초목The Sensitive-Plant〉의 결말

죽음도, 변화도 없으리. 이들의 세력이
인간의 장기를 초월하는 까닭은
빛을 견디지 못해 스스로 어두워지기 때문이라오."

풀은 몸을 돌려 정원 입구로 되돌아간다. 문을 열기 전, 주변을 살핀다. 불청객의 인기척은 느껴지지 않는다. 마음이 놓인 그는 입구를 나서자마자 사구 사이로 구불구불한 소로에 접어든다. 입술이 다시금 움직인다.

"나는 대지요,
그대의 어머니요, 당신의 냉랭한 핏줄은
우뚝 솟은 나무의 말단 조직에 이르고
가느다란 잎사귀는 얼어붙은 바람에 떤다
살아있는 조직을 타고 도는 혈액처럼, 희락은 달렸다
그대가 모친의 젖을 물 때, 영광의 구름처럼
간절한 희락의 정신이여, 일어나라."

오솔길을 걷던 풀 박사가 도로에 접어든다. 양옆에는 조그만 가옥이 줄지어 섰다. 주택마다 차고가 딸려있고 주변은 황량한 불모지로 둘러싸여있다. 한때는 화초가 무성했던 곳이다.

"간절한 희락의 정신이여." 박사는 시구를 되뇌고는 한숨을 쉬며 고개를 젓는다.

내레이션

희락이라고? 희락은 오래 전에 죽임을 당했다. 이제는 태형 기둥에 대한 악마의 폭소와 악령에 홀린 자들이 어둠속에서 교미할 때 나는 신음뿐이다. 희락은 삶이 세상의 질서와 일치하는 자만이 누릴 수 있는 것이다. 질서를 개선할 수 있다는 명석한 자와, 화를 참지 못해 툭하면 반항하고 불순종하는 자에게 희락은 조만간 낯선 감정이 될 것이다. 그들이 감쪽같이 속인 결과를 맛보게 될 자는 희락의 존재를 의심조차하지 않으리라. 사랑과 희락과 화평은, 인간과 세상의 본질인 성령의 열매다.[68] 하지만 원숭이 정신의 열매, 즉 원숭이의 건방과 폭동의 열매는 증오와 쉼 없는 동요와 만성적인 불행인데, 이는 더 끔찍한 광기만이 누그러뜨릴 수 있을 것이다.

풀 박사는 여전히 걷고 있다.

"세상은 산지기로 가득하다."

"세상은 산지기로 가득하다. 그들은 생명나무에서 다정한 사랑의

---

68. 갈라디아서 5:22

요정을 쫓아내고

계곡의 나이팅게일을 성가시게 한다."

내레이션

도끼를 든 산지기, 칼로 요정을 죽이고, 메스와 수술용 가위로 나이팅게일의 심기를 건드리는 자들.

박사는 몸을 부르르 떨며, 사악한 존재가 괴롭히고 있다는 것을 직감한 듯 성큼성큼 걷는다. 그러다 돌연 걸음을 멈추고는 주변을 두리번거린다.

내레이션

백골이 250만 개가 있는 도시라면 목숨을 부지한 수천 명은 거의 표가 나지 않는다. 만상이 정지된 분위기다. 어딜 가나 적막이 드리운다. 폐허치고는 아늑한 부르주아의 거처 한복판에 있노라면 누군가가 의식적으로 입을 다문 듯해 어떤 음모가 도사리는 것은 아닌가 싶기도 하다.

실망할지 모른다는 두려움과 희망으로 맥박이 빨라진 풀 박사는 도로를 나와 1993호 차고로 이어지는 진입로를 달린다. 차고에는 경첩이 녹슨 여닫이문이 약간 열려있다. 박사는 퀴퀴한 냄새와 미명이 새어나오는 문틈으로 슬며시 들어간다. 늦은 오후의 어스름이, 서쪽 벽 구멍을 투과하자 슈퍼디럭스 셰보레 세단(4 도어)의 왼쪽 앞바퀴의 윤곽을 드러낸다. 바퀴 옆에는 두개골이 둘 있다. 하나는 성인의 것이고, 다른 하나는 영락없는 아이의 해골이다. 풀 박사는 넷 중 그나마 성한 문을 열어젖히며 어둠 속을 유심히 살펴본다.

"룰라!"

박사는 허겁지겁 차에 올라, 흐트러진 뒷좌석 커버에 앉은 룰라 옆에 자리를 잡고는 그녀의 손을 부여잡는다.

"달링!"

그녀는 물끄러미 풀을 바라본다. 겁에 질린 기색이 눈에 역력하다.

"당신이 제 발로 나온 거요?"

"그렇긴 한데, 플로시가 낌새를 챈 것 같아요."

"플로시가 문제군, 젠장!" 어조에 불안감을 해소하려는 의도가 다분히 깔려있다.

"플로시가 어딜 가냐고 꼬치꼬치 캐묻더라고요. 그래서 바늘하고 연장 찾으러 나간다고 둘러댔죠."

"하지만 당신이 찾은 건 나뿐이잖소."

풀은 다정히 웃으며 연인의 손을 제 입술에 대려 하나, 룰라는 고갯짓으로 이를 거부한다.

"알피, 안돼요!"

너무 간절히 애원하기에 키스는 포기하고 손을 내린다.

"그래도 애정은 식지 않았겠죠?"

룰라는 공포에 사로잡힌 듯 동그래진 눈으로 박사를 쳐다보고는 이내 고개를 돌린다.

"모르겠어요, 알피, 난 잘 모르겠다고요."

"나는 잘 아오." 풀 박사가 결연히 고백한다. "내가 당신 곁에 있고 싶고, 죽음이 우릴 갈라놓을 때까지 당신과 동행하고 싶다는 걸 말이오." 성욕을 두고는 내성적이었다가 외향적인 순정파로 돌변한 그가 열변을 토한다.

룰라는 재차 고개를 가로젓는다.

"여기 있으면 큰일나요."

"당치않소!"

"아니에요, 사실이 그렇잖아요. 전 여기에 오지 말았어야 했고, 지금이 아닌 다른 때도 마찬가지라고요. 율법에 어긋나니까요. 사람들 생각과도 배치되고, 벨리알의 뜻에도 맞지 않아요." 잠시 멈칫하고는 말을 잇는다. 시름이 깊은 표정이다.

"그런데 왜 그분은 제게 애정을 느끼게 한 걸까요? 왜 저들…… 저들과 다를 바 없는 사람으로 만들었느냐고요." 너무 두려워 차마 입에 올리진 못한다. "예전에 가깝게 지냈던 사람이 있었죠." 목소리가 낮게 깔린다. "그도 당신 못지않게 자상했지만 사람들이 그를 죽여 버리더군요."

"다른 사람까지 신경쓴들 무슨 득이 있겠소? 우리만 생각합시다. 어떻게 해야 행복을 되찾을 수 있을지 말이오. 두 달 전에는 정말 행복했는데, 기억나시오? 밝은 달빛에…… 그늘진 곳은 얼마나 어두웠던지, 게다가 야성적인 향취는 이루 말할 수가 없었다오……!"

"그땐 죄를 짓진 않았잖아요."

"이것도 죄는 아니라오."

"아니요, 그건 다른 문제라고요."

"다를 게 뭐가 있소? 그때나 지금이나 마찬가진데, 당신도 그렇고……."

"나는 다르다고 생각해요." 자부한다는 점을 표출하기 위해 언성을 높인다.

"다르지 않아요."

"아니요."

"그렇다니까요. 방금 그러지 않았소, 당신은 저들과 다르다고!"

"알피!"

벨리알을 달래려는 듯 뿔을 만든 손을 이마에 댄다.

"그들은 이미 짐승이나 다름없소." 박사가 덧붙인다. "하지만 당신은 예외요. 룰라는 평범한 감정을 가진 평범한 인간이라오."

"그렇지 않아요."

"아니오, 맞소."

"그럴 리가요. 그럴 리 없어요." 룰라가 흐느끼다가 손으로 얼굴을 감싼 채 울음을 터뜨린다.

"그가 날 죽일 거예요."

"누가 죽인다는 거요?"

그녀는 고개를 들고는 겁에 질린 채 어깨 너머로 백미러를 살핀다.

"그분 말이에요. 그분은 일거수일투족뿐 아니라, 생각과 감정까지도 다 꿰고 있으니까요."

"그럴지도 모르죠." 악마를 둘러싼 자유주의 신학사상이 몇 주 전과는 상당히 달라졌다. "하지만 옳은 사고방식과 감정으로 바르게 처신한다면 그도 우릴 해칠 수는 없을 거요."

"바른 처신이 뭔데요?"

박사가 묵묵히 웃음을 머금는다.

"바로 이게 바른 처신이지요." 그는 팔로 룰라의 목을 감고는 자기 쪽으로 끌어당긴다.

"안돼요, 알피, 안 된다고요!"

그녀는 두려움에 사로잡힌 채 발버둥치지만 당최 옴짝달싹할 수가 없다.

"이게 바른 처신이라오. 때와 장소를 불문하고 그렇진 않겠지만,

지금은 옳은 처사가 분명하오."

확신이 가득한 까닭에 목소리에 권위와 위엄이 다분히 묻어난다. 불확실하고 분열된 인생을 살면서 이렇게 결연하게 판단하거나 처신한 적은 전혀 없었다.

룰라는 돌연 저항을 멈춘다.

"알피, 정말 이게 옳다고 생각하나요? 정말 그런가요?"

"물론이요." 제3자가 확증할 필요가 없는, 스스로 타당한 경험에서 우러나온 답변이다. 박사는 룰라의 머리칼을 어루만진다.

"필멸의 형상은 사랑과 생명, 빛과 신성을 걸치나니, 봄과 젊음과 아침의 은유요, 4월의 화신과 같은 몽상이니."

"계속 읊어보세요." 그녀가 속삭인다.

룰라의 눈이 지그시 감기자, 망자에게서 보이는 초자연적인 평정이 얼굴에 배어있다.

폴 박사가 낭독을 재개한다.

"우리는 이야기하리, 사유의 선율이

형언할 수 없을 만큼 감미롭다가, 겉모습으로는 다시 살고

말로는 죽을 때까지, 화살은 흥분한 어조로 소리 없는 심장을 관통한다

호흡은 묶인 가슴과, 함께 뛰는 핏줄을 섞고, 입술은

말과는 다른 능변으로 입술 사이에 타오르는 영혼을 가리고, 존재의
가장 깊은 세포 아래 끓는 우물은 심오한 삶의 분수로
열정의 금빛 순결에 혼란을 느낄 것이요
아침 해 아래 산이 솟은 것처럼
우리도 그렇게 될 것이며
두 가지 틀에 내재한 하나의 영혼이 될 것이다
그런데 무슨 이유로 둘인가?"

기나긴 침묵이 흐른다. 룰라가 눈을 뜨더니 얼마간 그와 시선을 교환한다. 그러고는 박사의 목에 팔을 감으며 열정적으로 입을 맞춘다. 그러나 풀이 좀 더 가깝게 안으려하자 좌석 끄트머리로 내뺀다.

룰라는 다가가려는 박사에게 팔을 내밀며 더는 접근하지 못하게 막는다.

"이건 옳지 않아요."

"몇 번을 말해야 듣겠소?"

그녀가 고개를 젓는다.

"그럼 좋겠지만 좀 미덥지가 않네요. 정말 그렇다면야 행복하겠지만, 벨리알은 인간의 행복을 원치 않아요." 룰라가 말을 끊었다가 다시 잇는다. "근데 왜 그분이 우릴 해칠 수 없다는 거죠?"

"그보다 더 강한 것이 있기 때문이오."

"더 강한 거요?" 룰라는 고갯짓으로 그럴 리가 없다고 한다. "싸움 상대를 두고 하는 말이라면, 여태껏 벨리알을 이기는 건 없었어요."

"사람들이 모두 벨리알을 도우니 이길 수밖에요. 그러지 않는다면 그도 영원한 승자는 되지 못할 거요."

"왜죠?"

"악을 극단으로 내몰 유혹은 뿌리치지 못할 테니까요. 극단적인 악은 필경 자멸하게 마련이고, 그 뒤로는 만상의 질서가 회복될 것이오."

"그건 먼 훗날 이야기잖아요."

"물론 전 세계의 질서가 회복되려면 오랜 세월이 흘러야겠지만, 당신이나 나 같은 개인은 그렇지가 않소. 벨리알이 전 세계에 무슨 짓을 해왔든 당신과 나는 만상의 질서와 손을 잡읍시다."

다시 조용해진다.

"무슨 뜻인지는 잘 모르겠지만, 전 상관없어요." 룰라는 박사에게 다가가 머리를 어깨에 기댄다. "아무래도 좋아요. 날 죽이고 싶으면 언제든 죽이겠지만, 그래도 지금은 여한이 없으니까요."

박사는 룰라가 고개를 들자 상체를 숙여 키스한다. 스크린 영상은 달이 없는 컴컴한 밤의 흑암 속으로 서서히 사라진다.

내레이션

음영은 근엄하고 엄숙한 신부요. 그러나 이번에는 혼례의 어둠으로, 근엄은 훤화도 없고 〈사랑의 죽음〉도, 디튜미슨스를 간청하는 색소폰도 없이 훼손된다. 오늘밤에 충만한 음악은 또렷하고도 명쾌히 들리나 형언할 수는 없고, 이름 모를 현실을 두고는 모두 아우르듯 유동적인 액상이나, 이해하고 접촉하는 것을 소유라도 한 듯 그에 달라붙으려는 점성은 전혀 없다. 모차르트의 정신이 깃든 음악은 비극을 끊임없이 내비치면서도 명랑한 분위기를 섬세하게 살려낸다. 이는 귀족적이면서도 세련된 베버의 것과 같은 음악이나, 경솔하기 짝이 없는 쾌락을 만끽하면서도 전 세계의 고뇌를 완벽히 구현해낸다. G단조 5중주인 〈주님의 귀한 몸〉에서는 〈돈 조반니〉의 세계를 초월하는 무언가를 내비치는 단서가 있을까? 비극과 희극, 인간과 악마의 낭만적인 통합을 초월하는 무언가(바흐와 베토벤의 작품, 즉, 거룩과 유사한 예술의 궁극적인 전체성에서)가 이미 암시된 것일까? 어둠에서 연인이 아래 시구를 다시금 자분자분 속삭일 때라면

필멸의 형상은
사랑과 생명, 빛과 신성을 걸치나니

〈에피사이키디온〉[69] 너머에는 〈아도나이스〉가[70] 있고, 그 너머로 '청결한 마음'이라는 무언의 교리가 있다는 점을 이해한 것은 아닐까?

풀의 연구실이 디졸브로 연결된다. 직사광선이 기다란 창을 투과하자 작업대에 모셔둔 현미경이 빛을 반사해 눈이 부시다(경통이 스텐레스강이다). 연구실은 텅 비어있다.

발자국 소리에 적막이 깨진다. 문이 열리고, 모카신을 신은 영농담당자가 연구실을 들여다본다.

"풀 박사님, 예하께서 오셨습니다……."

그는 아연실색하며 말을 잇지 못한다.

"어! 여기엔 없는데요." 방금 연구실에 들어온 대주교에게 이른다.

대주교는 보좌하던 두 포리에게 고개를 돌린다.

"박사가 정원 실험실에 있는지 가 보거라."

"예, 알겠습니다, 예하." 그들이 동시에 절하며 새된 소리로 답한다.

대주교는 자리에 앉아 영농담당자에게 모범을 보이기 위해 품위

---

69. 세속적 한계를 넘는 영적인 결합으로 광상적인 사랑의 환영시(셸리의 작품)

70. 키츠Keats의 죽음에 대한 애가(셸리의 작품)

있게 손짓한다.

"박사에게 사제 편입을 종용하고 있다는 말을 했던가? 안 했지 아마."

"농산물 생산에 큰 보탬이 되는 그 자를 차출하신다는 말씀이신지요. 그러지 않으시길 바랍니다."

대주교는 담당자를 구슬려 넘긴다.

"필요하다면 조언을 들을 여유는 마련해두겠네. 교회도 박사의 재능을 써먹어야 하지 않겠나?……."

두 포리가 연구실에 들어와 경의를 표한다.

"그래, 있더냐?"

"정원에도 없습니다, 예하."

영농담당자는 대주교가 인상을 찌푸리며 쏘아보자, 그의 시선 아래서 움찔한다.

"오늘은 연구실에서 작업하는 날이라 하지 않았던가?"

"그렇습니다, 예하."

"근데 왜 여기엔 없는 건가?"

"이럴 줄은 꿈에도 몰랐습니다. 보고도 없이 막무가내로 일정을 바꾼 적은 여태 없었습니다."

주변이 썰렁해진다.

"내 성질을 건드리는 군. 그렇게 안 봤는데." 대주교가 포리에게로 몸을 돌린다.

"본부로 돌아가 포리 여섯과 함께 그를 찾아라! 말을 타고 가라!"

두 포리는 날카로운 소리로 대답하고는 자리를 뜬다.

"그리고 담당자는……." 대주교는 절망감에 낯이 잿빛이 된 그에게 이른다.

"문제가 생기면 반드시 책임을 물을 것이다."

그는 자리에서 일어나 근엄하게 분노를 표출하며 입구로 성큼성큼 걸어간다.

디졸브로 일련의 몽타주 쇼트를 연결한다.

'대사건' 이전에 쓰던 군용배낭을 맨 풀 박사와 가죽가방을 든 룰라가 산사태 현장을 오르고 있다. 첨단 고속도로 중 하나를 차단한 산사태로 샌 가브리엘 산맥의 허리에는 흙터가 고스란히 남아있다.

강풍에 휩쓸린 산마루로 장면이 바뀐다. 두 도망자는 광활한 모하비 사막을 내려다본다.

다음은 북쪽 비탈에 조성된 송림이다. 야심한 밤, 풀 박사와 룰라는 나무 사이 드문드문 비치는 월광 아래서 손수 만든 담요를 같이 덮고 잔다.

이윽고 맨 밑바닥에 개천이 흐르는 바위협곡이 카메라에 잡힌다. 두 연인은 목도 축이고 물병도 채울 요량으로 잠시 멈춘다.

지금은 사막의 구릉지다. 산쑥 및 유카 덤불과 노간주나무 사이를 걷는 것은 어렵지가 않다. 풀 박사와 룰라가 쇼트에 들어오면 카메라는 비탈을 내려가는 그들을 트러킹 쇼트로 촬영한다.

"발은 아프지 않소?" 박사가 염려한다.

"너무 아픈 건 아니에요." 그녀는 태연한 척 웃으며 고개를 젓는다.

"조금만 더 걷다가 뭘 좀 먹읍시다."

"알피 좋을 대로 해요."

풀은 주머니에서 고풍스런 지도를 꺼내어 이를 유심히 살펴본다.

"랭커스터까지는 30킬로미터 정도 남은 듯하오. 여덟 시간은 더 걸어야 하니 힘을 냅시다."

"내일은 어디까지 갈 수 있을까요?"

"모하비 사막은 조금이나마 벗어날 수 있을 거요. 이틀 정도면 테하차피[71]를 지나 베이커스필드에는 도착할 것 같소." 그는 주머니에 지도를 도로 넣는다. "영농담당자에게서 어렵사리 많은 정보를 입수했는데, 알고 보니 북쪽 사람들은 남부 캘리포니아에서 도망한 사람이라면 대환영이라고 합디다. 정부가 공식적인 차원에서 송환을 요구해도 그들은 절대 넘겨주지 않는다고 하오."

---

71. 미국 캘리포니아 컨카운티에 있는 도시

"오, 벨……, 아니, 하느님 감사합니다!"

둘은 묵묵히 진행하다가 룰라가 갑자기 걸음을 멈춘다.

"어, 저게 뭐죠?"

그녀가 손가락을 내밀자 둘의 시각에서 대상이 포착된다. 커다란 조슈아나무 밑자락이다. 비바람에 쓸린 콘크리트 평판이 쇠풀과 메밀에 덮인 채, 옛 무덤 머리맡에 구부정히 서있다.

"누군가가 여기에 매장된 것이 분명하오."

풀과 룰라가 무덤으로 다가가면 콘크리트 판이 클로즈 쇼트로 잡힌다. 풀 박사가 비문을 큰소리로 읽는다.

윌리엄 탤리스

1882~1948

왜 머뭇거리는가, 왜 돌아서는가, 왜 움츠러드는가? 나의 가슴이여.[72]

너의 희망은 이미 사라져버렸다. 만유로부터

희망은 떠났으니, 너도 당장 떠나야 마땅할지어다!

---

72. 퍼시 셸리의 〈아도나이스〉 53연에서 발췌

장면이 두 연인으로 바뀐다.

"아주 불행했던 사람이었나 보군요."

"그렇게 불행하진 않았을지도 모르죠." 풀 박사가 무거운 배낭을 벗으며 무덤 옆에 앉는다.

룰라가 자루를 열어 빵, 과일, 계란과 기다란 육포를 꺼낼 때 풀은 셸리의 사륙판 시집을 넘긴다.

"여기 있군요. 다음 연도 한번 들어보시오."

"미소가 우주를 밝히는 빛
만물이 축사를 불러일으킬 아름다움
축사라면 빛을 가리는 태생의 저주라도
영원한 사랑은 끄지 못하리
사랑은 인간과 짐승과 땅과 하늘과 바다가
무작정 엮은 실타래를 통해
밝거나 희미하게 타오른다. 마치 각자에 불이 반사된 거울처럼
나를 비추는 불을 둘러싼 모든 갈증은
차가운 필멸의 마지막 구름까지 소진시키리라."

침묵이 흐른다. 룰라가 완전히 삶은 달걀을 건넨다. 풀은 이를 묘비에 쳐 깨고는, 하얀 껍질을 벗겨 무덤위로 조각조각 흩뿌린다.

원숭이와 본질

초판 1쇄 인쇄 2016년 8월 22일
초판 1쇄 발행 2016년 9월 2일

지은이 올더스 헉슬리
옮긴이 유지훈
펴낸이 이은휘
펴낸곳 도서출판 해윤
등록 2014년 4월 30일 제2014-000154호
주소 서울시 마포구 포은로 107, 2층
전화 02-3144-0267 **팩스** 02-3144-0277
이메일 haeyoonbooks@naver.com

ISBN 979-11-955871-3-1 03840

※ 이 도서의 국립중앙도서관 출판시도서목록(CIP)은 서지정보유통지원시스템 홈페이지(http://seoji.nl.go.kr)와 국가자료공동목록시스템(http://www.nl.go.kr/kolisnet)에서 이용하실 수 있습니다.(CIP제어번호: CIP2016019452)」